THIS WALKER BOOK BELONGS TO:

First published 1993 by
Walker Books Ltd
87 Vauxhall Walk
London SE11 5HJ

This edition published 2000

10 9 8 7 6 5 4 3 2

This book has been typeset
in Calligraphic 810 BT.

Printed in Hong Kong

British Library Cataloguing
in Publication Data
A catalogue record for this
book is available from
the British Library.

ISBN 0-7445-7247-9

For all at the
special care Baby Unit,
RMH, Belfast

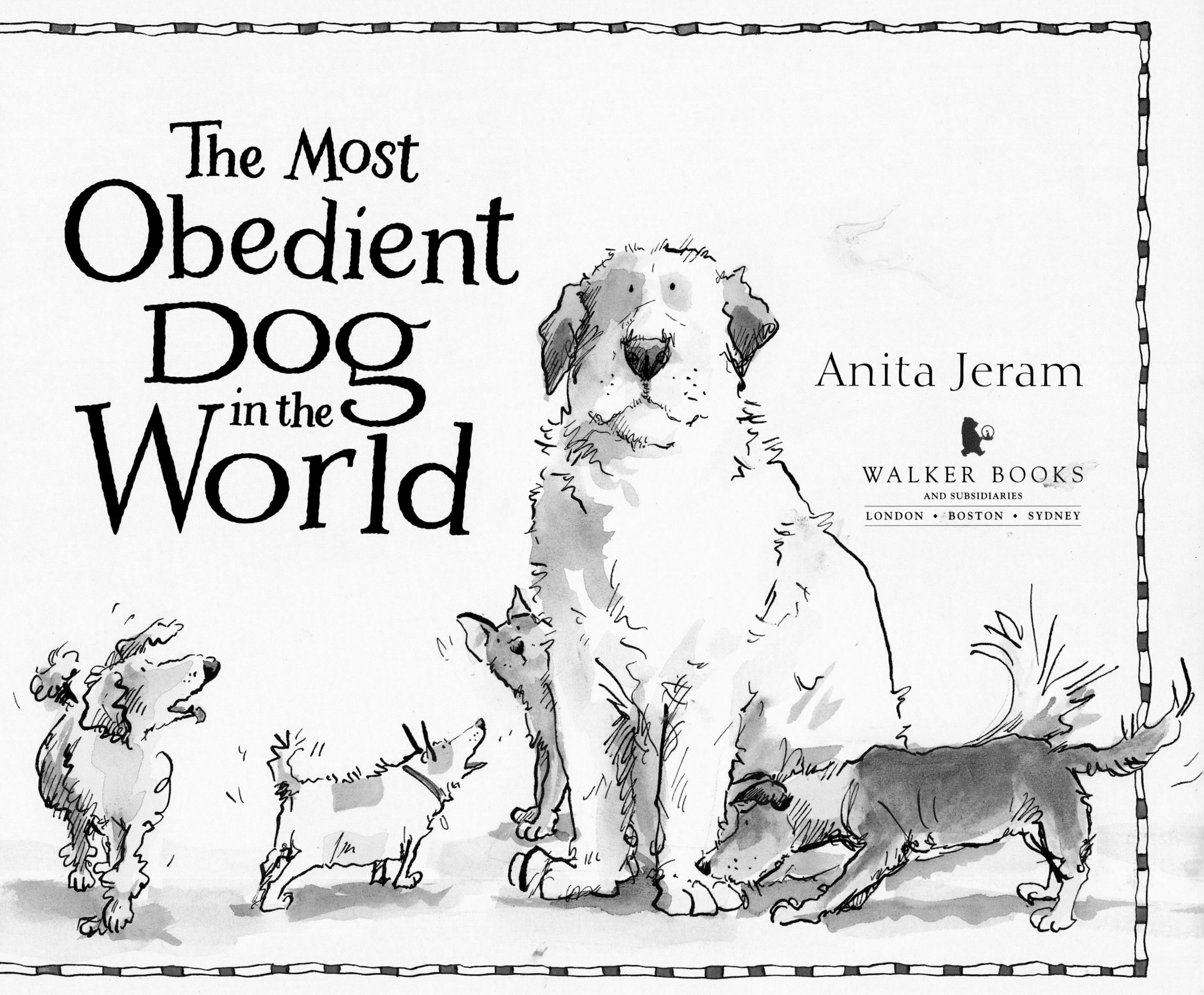

The Most Obedient Dog in the World

Anita Jeram

WALKER BOOKS
AND SUBSIDIARIES
LONDON • BOSTON • SYDNEY

The most obedient dog in the world was waiting for something to happen,

when Harry came up the path.

"Hello, boy," said Harry.

The most obedient dog in the world wagged his tail and started to follow Harry.

"No … sit!" said Harry. "I won't be long."

And then he was gone.

"Why are you sitting there?"
asked a nosy bird.

"Are you going to sit
there all day?"

The most obedient dog in the world didn't answer.

He just sat and waited for Harry.

Big, fat raindrops began to fall.

"I'm off," said the bird. And he flew away.

Everyone ran for cover, except
the most obedient dog
in the world.

Thunder rumbled, lightning flashed
and then the hailstones fell…

Quite a lot of hailstones!

When the sun came out again the bird flew back. The most obedient dog in the world was still sitting there waiting for Harry.

“What a strange dog,” people said as they passed.

Other dogs came
to have a look.
They sniffed and
nuzzled and nudged
and nipped,

but they soon got bored
and went away.

The most obedient dog in the world sat …

and sat … and sat … and sat.

How long must he wait for Harry?

Just then, a cat came by.

"Quick!" said the bird, pulling his tail.

"Why don't you chase it?"

The dog's eyes
followed the cat.
His nose started
to twitch,

and his legs started to itch.
He couldn't sit still
any longer.

He sprang to his feet ...

and saw Harry!

"Good boy!" said Harry. "You waited!
Leave that cat. Let's go to the beach!"

The dog looked at the cat, and he looked at Harry.

Then he went to the beach with Harry.

After all, he was …

the most obedient dog in the world!

The Most Obedient Dog in the World

Anita Jeram says that *The Most Obedient Dog in the World* is based on something that actually happened. "A stray dog followed me when I was out walking one day," she says. "Not wanting him to cross the road, I told him to 'sit' and 'stay' – which he did, until I was out of sight. I wondered later how long he would wait there before he got fed up and walked away and I felt a bit guilty imagining him out in the rain waiting for his next 'command'."

Anita has written and illustrated many books for children. Among them are her own stories *It Was Jake!*, which was on the National Curriculum SATs reading list, *Bunny My Honey*, *All Together Now* and *Contrary Mary*. She is also the illustrator of *Guess How Much I Love You*, one of the bestselling picture books of all time.

Anita particularly enjoys drawing animals and has a menagerie of animals at home, including cats, dogs, rabbits, guinea-pigs, two toads, a lizard, a snake and a box tortoise! Married to a palaeontologist with two young sons, she lives in Northern Ireland and hopes, eventually, to set up a wildlife sanctuary there.

ISBN 0-7445-6711-4 (hb)

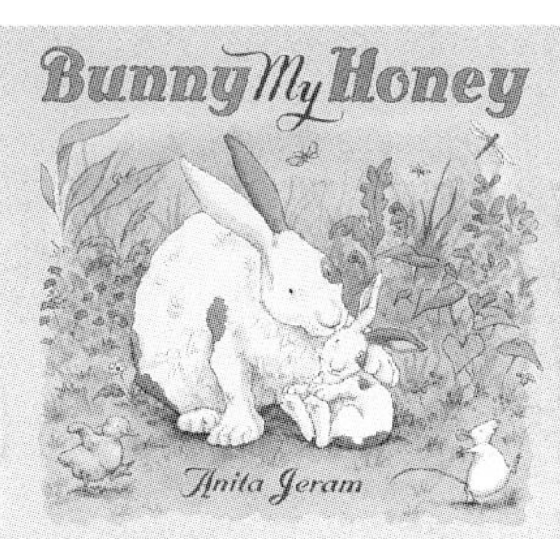

ISBN 0-7445-6162-0 (hb)

ISBN 0-7445-3224-8 (hb)

ISBN 0-7445-2310-9 (pb)

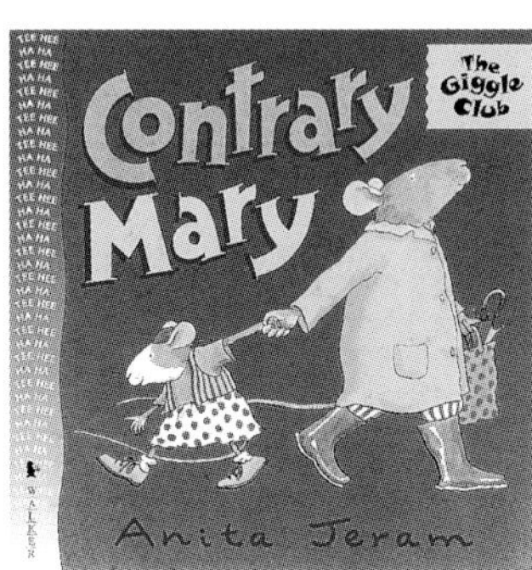

ISBN 0-7445-4782-2 (pb)

PROJEKT DEUTSCH

LEHRBUCH

2

ALISTAIR BRIEN
SHARON BRIEN
SHIRLEY DOBSON

OXFORD UNIVERSITY PRESS

Oxford University Press, Walton Street, Oxford OX2 6DP

Oxford New York Toronto
Delhi Bombay Calcutta Madras Karachi
Kuala Lumpur Singapore Hong Kong Tokyo
Nairobi Dar es Salaam Cape Town
Melbourne Auckland Madrid

and associated companies in
Berlin Ibadan

Oxford is a trade mark of Oxford University Press

First published 1994
Reprinted 1995

ISBN 0 19 912152 4

Acknowledgements

The authors would like to thank the following people for their help and advice: the staff and pupils of the Arnewood School, New Milton, the Geschwister-Scholl-Hauptschule, Geldern, and the Realschule, Marktoberdorf. Thanks also to Grahame Whitehead for his ideas for taking the register.

The publishers would like to thank the following for permission to reproduce photographs, and for additional commissioned photography: Emily Anderson p.55 (top A); Austrian National Tourist Office p.6 (4); Gareth Boden pp.35 (top left), 99; *Girl*! magazine/Troendle pp.79, 83; Alistair & Sharon Brien pp.19 (B, F, G and background), 38, 39 (right), 40, 60 (D and E), 63 (right), 98 (top left); Britstock pp.6 (2 and 5), 15 (3); Dick Capel Davies pp.6 (1), 15 (1, 2, 4, and 5), 19 (A), 60 (G), 66, 68, 69, 70 (1 and 3); Helen Daykin pp.6 (6), 15 (6), 35 (ex 4), 60 (C), 71 (4 and 5); Mike Dobson pp.6 (3), 55 (bottom C and D), 60 (A, F and H); Richard Dobson p.71 (6); DPA p.94 (top left); Fotex/Drechsler p.94 (top right); Fotex/Galuschka p.98 (middle); Fotex/Kottal p.59 (A); Fotex/Wandmacher p.26; Hazel Geatches p.70 (2); Gordon Hillis Foto Studio, Reinbek pp.25, 27, 30, 34, 35 (bottom), 49 (1 and 3), 50, 58 (top), 59 (C), 75, 84, 88; Rob Judges p.55 (top C); Jürgen Maaß p.94 (main); Ander McIntyre p.49 (2); Münchner Olympiapark GmbH pp.6 (7), 22; Select/Transglobe p.98 (bottom left); Stief pp.55 (bottom B), 98 (bottom right); Swiss National Tourist Office p.6 (8); Tourismusverband Innsbruck p.19 (C, D and E); Volkswagen (Germany) pp.55 (bottom A), 60 (B); Zefa/Waldkirch p.97.

The illustrations are by Martin Chatterton pp.11 (bottom), 16 (top), 17 (bottom), 86 (top); Nicky Cornwell pp.65 (top), 66 (middle), 85 (bottom); Richard Dobson p.55 (bottom); Celia Hart pp.98, 99 (bottom); Stephen Hawkins pp.11 (middle), 28–29 (top), 46 (top), 54 (bottom), 56 (bottom), 57 (bottom), 62–63; Mathias Hütter pp.7, 8–9, 12–13 (top), 64 (top), 87 (middle); Heinz Kessler pp.13 (bottom), 60–61, 61 (bottom), 69, 94 (top and middle), 95; Pete Lawrence p.87 (bottom); Maggie Ling pp.52–53, 81 (top), 88; Peter Lubach pp.92–93; Ed McLachlan pp.21 (top and middle), 29 (bottom), 30, 46 (bottom), 65 (bottom); Klaus Meint pp.10 (top), 12 (middle), 27, 31 (top), 32 (top), 87 (top); Oxford Illustrators pp.6 (bottom), 10 (bottom), 14–15 (bottom), 21 (bottom), 36, 38, 40, 45 (bottom), 64 (bottom), 68, 72 (top), 74–75 (bottom), 77 (bottom), 81 (bottom), 89, 94 (bottom); Alan Rowe pp. 6–7 (top), 11 (top), 14 (top), 24, 26, 28 (bottom), 33, 34, 41, 47, 48, 50–51, 54–55 (top), 56–57, 66–67 (top), 70–71, 74 (top), 76–77 (top), 76 (bottom), 78, 80, 82, 84–85 (top), 90; Kate Sheppard p.32 (middle); Martin Shovel pp.39, 45 (top); Tony Simpson pp.13 (middle), 16 (bottom), 31 (bottom), 37, 67 (bottom), 86 (bottom); Derek Worrall pp.17 (top), 18.

The handwriting is by Celia Hart, Pete Lawrence, Saskia May, Georg Mayer, Margret Pohl, Annette Winkelmann.

The publishers would like to thank the following for permission to reproduce copyright material: pupils from Arnewood School, New Milton; Deutsche Bundesbank; Richard Dobson; Ellermann Verlag; Fremdenverkehrsbetriebe der Stadt Salzburg; Steve Garner/Green Comics; Marc Giavarra; *Gong* magazine; KaDeWe, Berlin; Kontra-Markt; Emil Kriegbaum GmbH; Philipp Krupke; James Krüss; Dr Friedhelm Mühlieb; Münchner Olympiapark GmbH; Neckermann Versand AG; Österreichische Nationalbank; Radhelm Ministerium für Kultus und Sport, Birgit Schmitz; Senatsverwaltung für Wirtschaft und Technologie (Berlin-Touristen-Information); Stuttgart; Schweizerische Nationalbank; Sandra Van der Berg; World Wildlife Fund.

Designed and typeset by OXPRINT, Oxford.
Printed and bound in Spain by Gráficas Estella

Inhalt

Welcome to Projekt Deutsch 2

Here are the parts of the course:

The **Lehrbuch** is your Students' Book. It is divided into eight different projects, which are listed on page 3. At the back of the book, you'll find a grammar section, a reference section, and word lists to help you.

The **Arbeitsheft** is your Workbook. You'll do your written work in it and it will become a record of all the German you learn. It contains lots of exercises and puzzles to help you practise the language. There are also pages at the back for you to record new words.

The **Kassette** contains all the listening activities. Sometimes you'll listen to it with the whole class, sometimes on your own. There are listening activities to go with the **Lehrbuch** and with the **Arbeitsheft**. Sometimes you'll listen to something and follow it in the **Lehrbuch**, sometimes you'll listen and fill in a grid, match up words or pictures or work out a puzzle.

The **Miniprojekte** worksheets contain more activities for each project. You might be given one of these for homework or if you have finished your classwork.

The **Sprachübungen** worksheets practise new language or grammar points. You'll find help with these in the grammar section at the back of this book.

You'll probably do the **Was kannst du?** sheets towards the end of each project. These are for you and your teacher to see how much you've learnt.

Here are the symbols that are used in **Projekt Deutsch 2:**

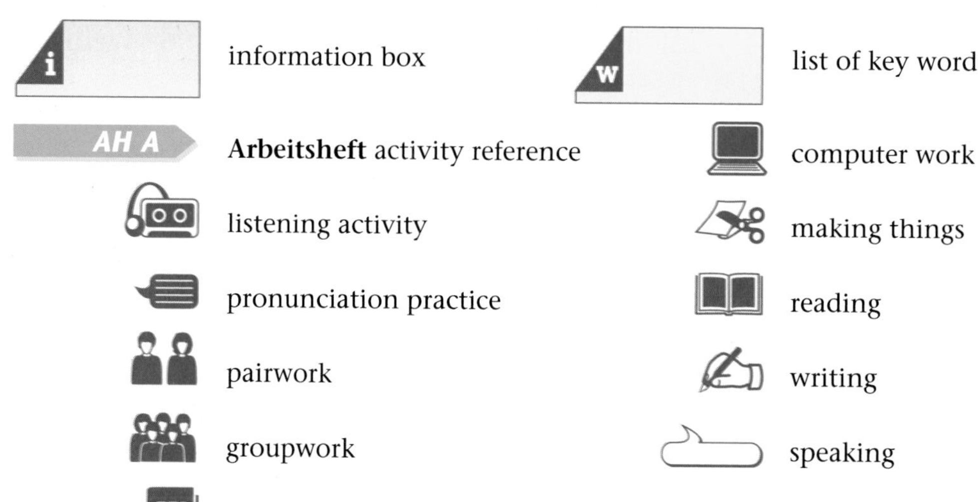

Projekt Deutsch is written all in German. You can use a dictionary or the word lists at the back of the book to help you. Here is a list of the instructions you'll see quite often:

Auf deutsch	*In German*
Auf englisch	*In English*
Beispiel:	*Example:*
Beschreib ...	*Describe ...*
Erfinde eine neue Geschichte.	*Make up a new story.*
Finde das richtige Bild/Foto.	*Find the right picture/photo.*
Finde Unterschiede.	*Find differences.*
Frag die anderen in der Klasse.	*Ask the others in the class.*
Gib die Informationen in den Computer ein.	*Key in the information into the computer.*
Gruppenarbeit.	*Groupwork.*
Gruppenspiel.	*A group game.*
Hör gut zu.	*Listen carefully.*
Hör gut zu und lies mit.	*Listen carefully and follow the text.*
Lies vor.	*Read out loud.*
Mach eine Liste.	*Make a list.*
Mach eine Umfrage.	*Do a survey.*
Macht andere Dialoge.	*Make up other dialogues.*
Partnerarbeit.	*Pairwork.*
Ratet mal!	*Guess!*
Schau mal ... an.	*Look at ...*
Schreib ...	*Write ...*
Sing mit!	*Join in the singing!*
Spielt die Szene vor.	*Act out the scene.*
Stellt Fragen zusammen.	*Ask each other questions.*
Übt den Dialog zusammen.	*Practise the dialogue together.*
Was fehlt?	*What is missing?*
Was meinst du?	*What do you think?*
Was paßt zusammen?	*What goes together?*
Was sagen sie?	*What are they saying?*
Welcher Satz paßt?	*Which sentence fits?*
Wie ist die richtige Reihenfolge?	*What is the correct order?*
Zum Basteln.	*Something to make.*
Zum Lesen.	*Something to read.*
Zum Spielen.	*Something to play.*
Zum Üben.	*Something to practise pronunciation.*

Try to speak as much German in the classroom as possible! Your teacher will also speak German to you. Here are some classroom phrases to help you:

Ich verstehe nicht!
I don't understand!
Sieh auch Lehrbuch Seite 12!
Look at Students' Book page 12!
Wie bitte?
Pardon?
Ich bin fertig!
I've finished!
Was mache ich jetzt?
What do I do now?
Wie schreibt man das?
How do you spell that?
Wie heißt ... auf deutsch?
How do you say ... in German?
Wie heißt ... auf englisch?
How do you say ... in English?
Ist das richtig?
Is that right?
Viel Glück! Good luck!
Viel Spaß! Have fun!

Wie waren die Ferien?

1 Hör gut zu und lies mit.

AH A

AH B

2 Hör gut zu.
Wo warst du in den Ferien?

i Ich war	in München. in den Bergen. an der Küste.

AH C

3 Partnerarbeit.
Macht andere Dialoge.

ie waren die Ferien?
Fantastisch!
Gut!
OK!
Wo warst du?
In Spanien.
An der Küste.
Zu Hause.
Bist du hier neu?
Wie heißt du?
Woher kommst du?

4 **Hör gut zu.**
Was hast du gemacht?

5 **Partnerarbeit.**
Macht andere Dialoge.

Beispiel:

Nummer 11. Was hast du gemacht?

A

B

Ich bin angeln gegangen.

AH D
AH E+F

Ich habe	Fußball	gespielt.
Ich bin	reiten angeln ins Kino in die Disco in die Stadt	gegangen.
	zu Hause	geblieben.

Schulsprache!

Spielregeln:

1. Für den Start eine 1 würfeln.
2. Du landest auf dem Feld. Was sagst du?

Beispiel:

Feld Nummer 1. — A

Wie bitte? — B

3. Richtige Antwort – auf dem Feld bleiben. Falsche Antwort – zurück zum Start.
4. Der nächste ist dran.
5. Wer zuerst ans Ziel kommt, gewinnt.

START

1 2

22 23 WC 24

21 36 THE POCKET OXFORD DUDEN GERMAN DICTIONARY 37 Vorwärts zum Ziel!

20 Zur Nummer 25 vor! 35 34

19 18 17

AH G
AH H

Schülersprache

Wie bitte?

Ich verstehe nicht.

Ich weiß nicht.

Wie schreibt man das?

Wie heißt das auf englisch?

Es tut mir leid, daß ich zu spät komme!

Mir ist schlecht!

Darf ich bitte auf's Klo?

Ich bin fertig. Was mache ich jetzt?

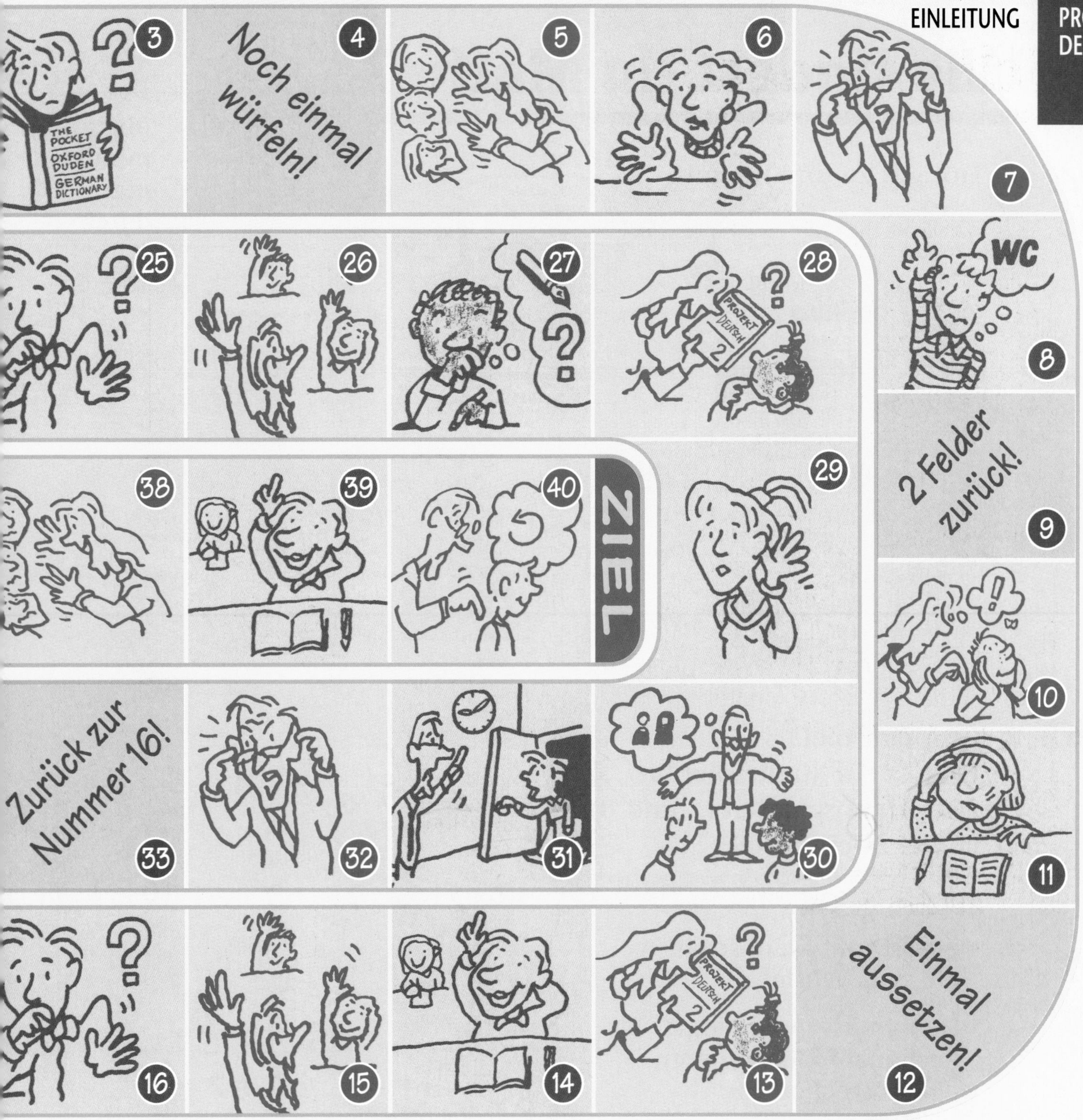

3
THE POCKET OXFORD DUDEN GERMAN DICTIONARY

4
Noch einmal würfeln!

5

6

7

8
WC

9
2 Felder zurück!

10

11

12
Einmal aussetzen!

13
PROJEKT DEUTSCH 2

14

15

16

25

26

27

28
PROJEKT DEUTSCH 2

29

30

31

32

33
Zurück zur Nummer 16!

38

39

40

ZIEL

Lehrersprache

Wo ist dein Buch?

Ruhe, bitte!

Meldet euch, bitte!

Dreh dich um!

Paß bitte auf!

Arbeitet zu zweit!

Noch einmal, bitte!

Wer fehlt heute?

Wie findest du Mathe?

1 Hör gut zu und lies mit.

+	plus
–	minus
·	mal
:	durch

AH I
AH J

2 Gruppenspiel.
Hier ist ein Mathespiel für zwei Mannschaften (A und B).
Findet zwei Würfel.

Spielregeln:

- Zuerst rollt Mannschaft A die zwei Würfel.
- Dann müssen sie die Rechenaufgabe vorlesen und ausrechnen.
- Wenn die Antwort richtig ist, bekommt die Mannschaft die gewürfelten Punkte.
- Wenn die Antwort falsch ist, verliert die Mannschaft einen Punkt.
- Jetzt ist Mannschaft B dran.

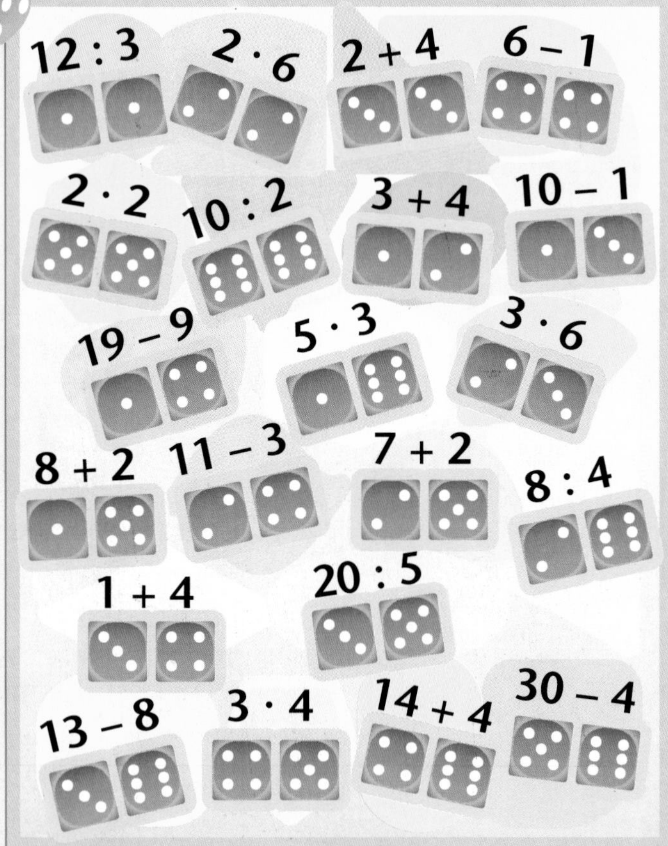

AH K

3 Hör gut zu und lies mit.

4 Partnerarbeit. Was fehlt?

Beispiel:

Ich habe keine Schere.

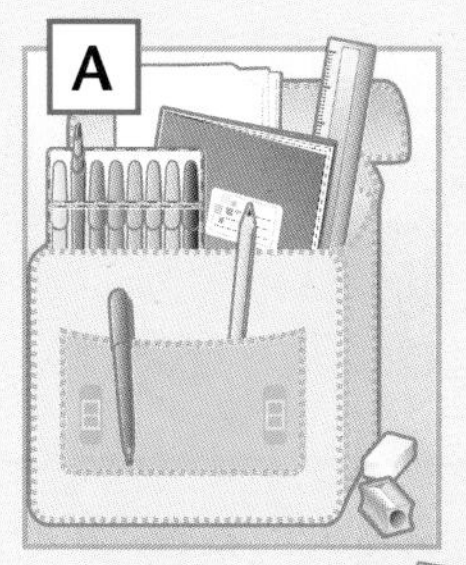

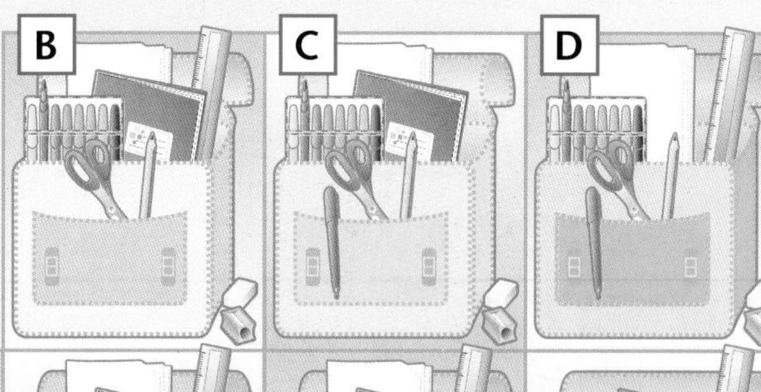

Ich habe	keinen Kuli.
	keine Tasche.
	kein Lineal.
	keine Filzstifte.

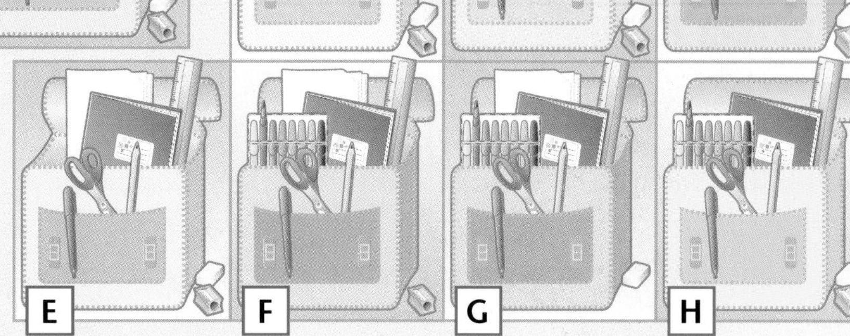

AH L
AH M

5 Zum Lesen.

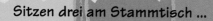

Sitzen drei am Stammtisch ...

Meine Frau hat ***Das doppelte Lottchen*** gelesen und hat Zwillinge bekommen.

Das ist ja noch gar nichts. Meine Frau hat ***Die drei Musketiere*** gelesen. Sie hat Drillinge bekommen.

Ich muß gehen. Meine Frau liest gerade ***Ali Baba und die 40 Räuber!***

Spaß mit der Sprache!

1 Hör gut zu. Zum Üben:

2 Hör gut zu.
Welche Stadt beginnt mit A?

3 Partnerarbeit.
Spielt zusammen.

Beispiel:

A: Welche Stadt beginnt mit L?

B: Linz. Welche Stadt beginnt mit K?

4 Hör gut zu. Zum Üben: 

a	Hamb**u**rg	**ei**	die Schw**ei**z
e	Br**e**men	**ä**	K**ä**rnten
i	Berl**i**n	**ö**	**Ö**sterreich
o	Rost**o**ck	**ü**	L**ü**beck
u	Magdeb**u**rg	**au**	Lind**au**
ie	W**ie**n	**eu**	D**eu**tschland

AH N
AH O

5 **Partnerarbeit.**
Hört gut zu. Zum Üben:
Hier sind Zungenbrecher!

Wo willst du hin im Winter?
Hörst du die Vögel in Königsberg?
Sind die Fische frisch?
Ich trinke Milch nicht
Sieben spanische Sportler spielen Schach!

6 **Hör gut zu.**
Hier ist ein Lied. Sing mit!

Grün, grün, grün sind alle meine Kleider,
Grün, grün, grün ist alles, was ich hab.
Darum lieb ich alles was so *grün* ist,
weil mein Schatz ein *Jäger, Jäger* ist.

Blau, blau, blau sind alle meine Kleider,
Blau, … , … ist alles, was ich hab.
Darum lieb ich alles was so … ist,
weil mein Schatz ein *Matrose* ist.

Weiß, weiß, weiß sind alle meine Kleider,
Weiß, …, … ist alles, was ich hab.
Darum lieb ich alles was so … ist,
weil mein Schatz ein *Bäcker, Bäcker* ist.

Schwarz, schwarz, schwarz sind alle meine Kleider,
Schwarz, …, … ist alles, was ich hab.
Darum lieb ich alles was so … ist,
weil mein Schatz ein *Schornsteinfeger* ist.

Rot, rot, rot sind alle meine Kleider,
Rot, …
Darum lieb ich alles was so … ist,
weil mein Schatz ein *Feuerwehrmann* ist.

Gelb, gelb, gelb sind alle meine Kleider,
Gelb, …
Darum lieb ich alles was so … ist,
weil mein Schatz ein *Postbote* ist.

AH P
AH Q

Wie ist deine Adresse?

1 Hör gut zu.
Was paßt zusammen?

1 7b Schillerstraße

3
Dinke.
Opperklappe 21 9 45
Dörnemann
Mozartstraße 34a 7 23 73
Dörtendorff
Weddemweg 36 6 64 7

2
Leopoldgasse 34
53909 Geich

4 Goetheweg 24

2 Wie ist deine Adresse?

> i Meine Adresse ist Schillerstraße 7b.
> Wo ich wohne? Leopoldgasse 34.
> Meine Hausnummer ist 34a. Das ist in der Mozartstraße.

AH A

3 Wo wohnst du?

Ich wohne ...

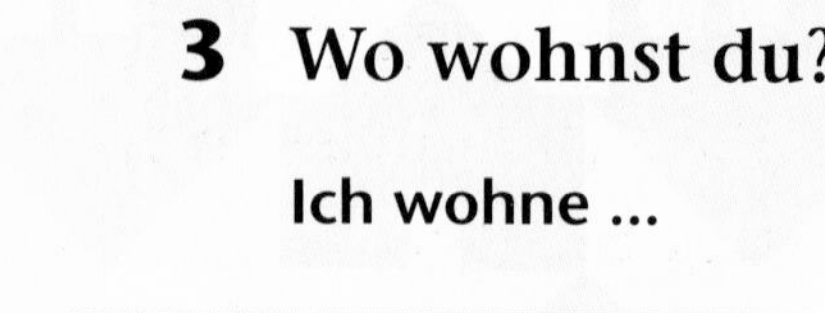

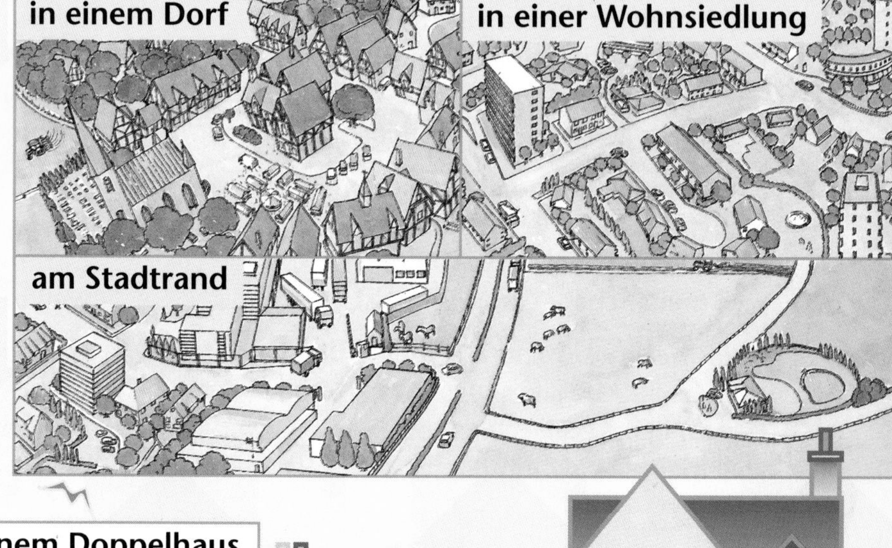

> w der Bungalow
> die Wohnung
> das Haus
>
> das Doppelhaus
> das Einfamilienhaus
> das Reihenhaus

in einem Doppelhaus

in einem Bungalow

in einem Einfamilienhaus

AH B
AH C

4 Welches Foto? Finde das Foto für den Text.

Beispiel:

Nummer 1 = F

A Ich wohne in einem Bungalow. Er liegt direkt im Dorf.

B Ich wohne am Stadtrand und zwar in einem Doppelhaus.

C Wir wohnen in einer Wohnung in einer enormen Wohnsiedlung. Wo wohnst Du?

D Ich wohne in einem sehr schönen Dorf. Unser Haus ist ein Einfamilienhaus.

E Du fragst, wo ich wohne. Also, ich wohne in einem kleinen Haus auf dem Land.

F Vielen Dank für das Foto von Deinem Haus. Wir wohnen auch in einem Reihenhaus, aber nicht am Stadtrand, sondern in der Stadtmitte.

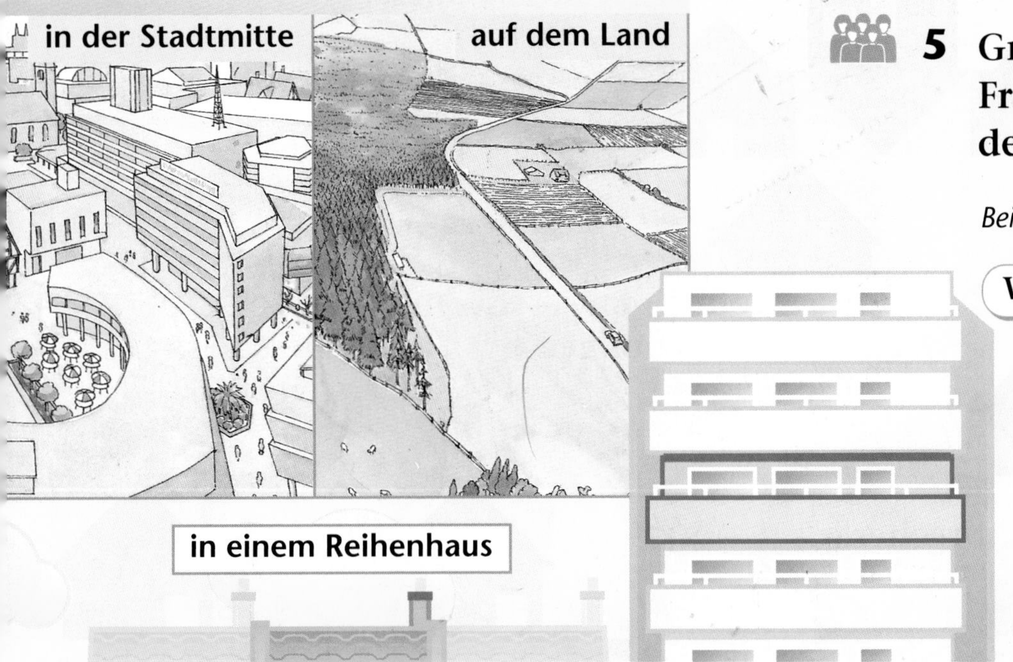

in einer Wohnung

5 Gruppenarbeit. Frag die anderen in der Klasse.

Beispiel:

A: Wo wohnst du?

B: Ich wohne in einem Doppelhaus in der Stadtmitte.

AH D
AH E

Wie ist dein Haus?

1 Schau mal das Haus an.

AH F
AH G

2 Wo sind die Zimmer?

AH H
AH I

Das Wohnzimmer Das Schlafzimmer Die Garage	ist	im Keller. im Erdgeschoß. im ersten Stock.

3 Hör gut zu. Zum Üben:
Hier ist ein Zungenbrecher!

1 2 3 4 5 6 7

Sieben Schlafzimmer für sieben Zwerge. Wo schläft Schneewittchen?

4 Partnerarbeit. Wie heißen diese Möbelstücke?

Beispiel: Nummer 3 – was ist das? Das ist ein Fernseher.

A B

der Fernseher
der Kleiderschrank
der Nachttisch
der Schrank
der Teppich
die Lampe
das Bett
das Radio
das Regal
das Sofa
die Vorhänge

AH J

5 Was sagen diese Teenager über ihre Schlafzimmer?

Mein Schlafzimmer ist ziemlich groß, aber ich muß mein Schlafzimmer mit meinem Bruder teilen; er ist 10 Jahre alt. In meinem Schlafzimmer gibt es natürlich zwei Betten, außerdem einen Tisch und einen Stuhl, wo ich meine Hausaufgaben mache, und viele Posters an der Wand.

Ich habe mein eigenes Schlafzimmer. Es ist sehr klein, aber trotzdem sehr schön. Es gibt ein Bett, einen Kleiderschrank und ein Regal für meine Bücher und meine Puppensammlung. Der Teppich ist blau und die Vorhänge sind grün.

In meinem Schlafzimmer gibt es einen Nachttisch. / eine Lampe. / ein Radio. / **viele Posters.**

6 Gruppenarbeit. Frag die anderen in der Klasse. Beschreib dein Schlafzimmer.

7 Hör gut zu. Wie ist die Zelle? Was macht Heini gern?

Heini wohnt in einer Zelle.

AH K
AH L

In der Stadt

1 Partnerarbeit.
Was ist das?

Beispiel:

A: Nummer 1 – was ist das?

B: Der Dom.

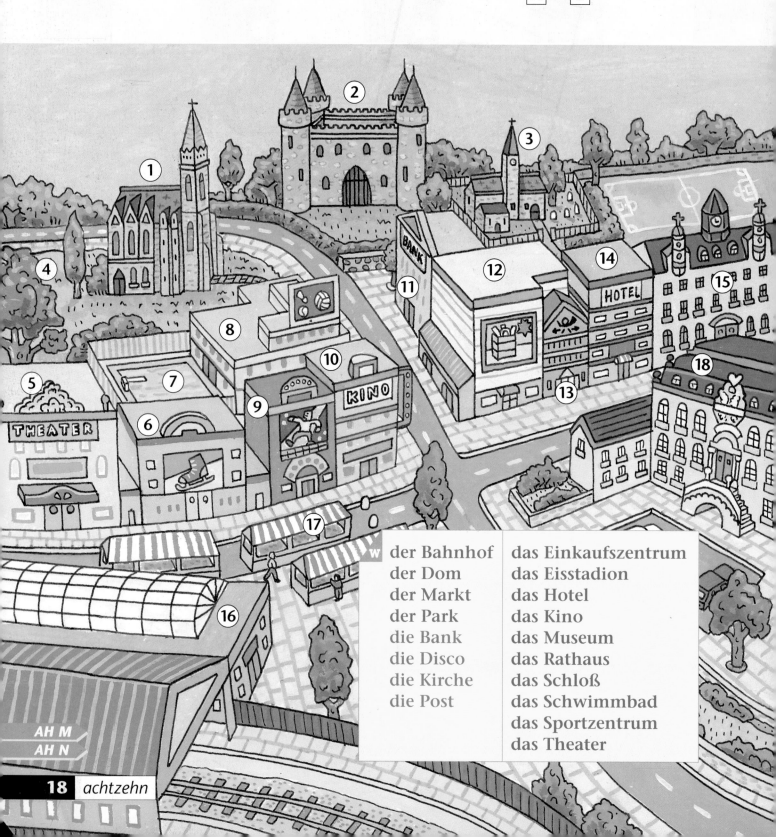

der Bahnhof	das Einkaufszentrum
der Dom	das Eisstadion
der Markt	das Hotel
der Park	das Kino
die Bank	das Museum
die Disco	das Rathaus
die Kirche	das Schloß
die Post	das Schwimmbad
	das Sportzentrum
	das Theater

AH M
AH N

2 Hör gut zu.
Alex stellt seine Stadt vor.
Wie ist die richtige Reihenfolge für seine Fotos?

A B C D E F G

INNSBRUCK INFORMATION

Hier ist	der Bahnhof. die Post. das Schloß. das Schwimmbad.	Er ist groß. Sie ist klein. Es ist alt. Es ist modern.

AH O
AH P

3 Partnerarbeit.
Stellt Fragen zusammen.

Beispiel:

Was ist das hier? Wie ist es?

B

Das ist der Dom. Er ist alt.

4 Mach ein Poster über deine Stadt.

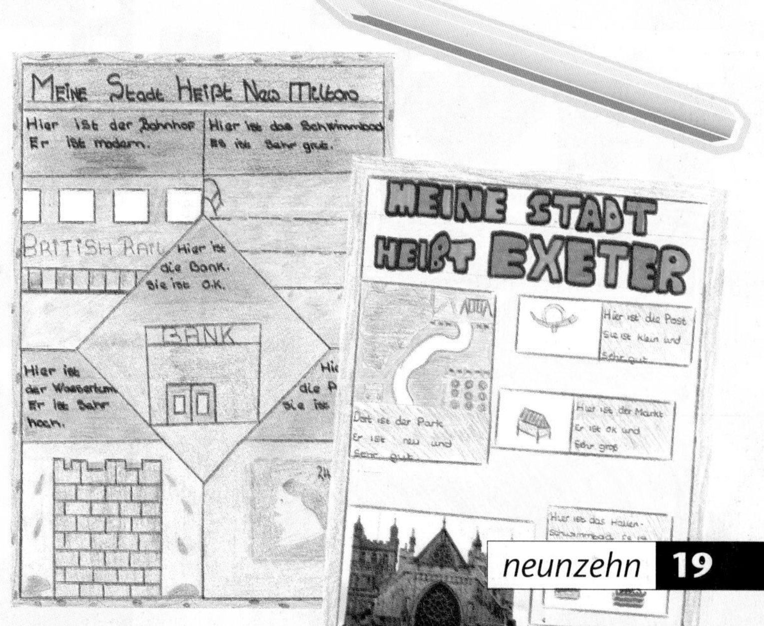

Wo ist das?

W **1** Schau mal diesen Stadtplan an.

Sehenswürdigkeiten • Sights • Curiosités • Attrattive turistiche

Links der Salzach • On the left bank • Sur la rive gauche de la Salzach • A sinistra del Salzach

- 1 Festung Hohensalzburg
- 1a **Festungsbahn**
- 2 St.-Erhard-Kirche
- 3 Stift Nonnberg
- 4 Kajetanerkirche
- 5 Kapitelschwemme
- 6 Erzabtei St. Peter, Friedhof und Katakomben
- 7 Haydn-Gedenkstätte
- 8 Dom
- 9 Residenz-Neugebäude und Glockenspiel
- 10 Residenzbrunnen
- 11 Residenz, Prunkräume und Residenzgalerie
- 12 St.-Michaels-Kirche
- 13 Franziskanerkirche
- 14 Rupertinum
- 15 Mozarts Geburtshaus
- 16 Altes Rathaus
- 17 Kollegienkirche
- 18 Festspielhäuser
- 19 Pferdeschwemme
- 20 Spielzeugmuseum
- 21 Blasiuskirche
- 22 **Mönchsberglift** zur Aussichtsterrasse
- 23 Salzburger Museum Carolino Augusteum
- 24 Haus der Natur
- 25 Markuskirche
- 26 Müllner Kirche
- 27 Augustiner-Bräu, Kloster Mülln

Rechts der Salzach • On the right bank • Sur la rive droite de la Salzach • A destra del Salzach

- 28 Schloß Mirabell
- 29 Barockmuseum
- 30 Mozarteum
- 31 Marionettentheater
- 32 Landestheater
- 33 Mozarts Wohnhaus
- 34 Dreifaltigkeitskirche
- 35 St.-Sebastians-Kirche, Paracelsusgrab, Friedhof und Wolf-Dietrich-Mausoleum
- 36 Loreto-Kirche
- 37 St. Johann am Imberg
- 38 Kapuzinerkloster

2 Hör gut zu und lies mit.

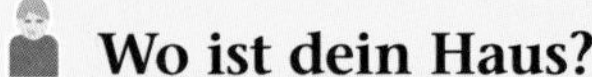

A

- Wo ist dein Haus?
- Mein Haus? Es ist in der Getreidegasse, Nummer 24.

B

- Entschuldigung. Wo ist die Bushaltestelle Terminal Nord, bitte?
- Die Bushaltestelle ist in der Paris-Lodron-Straße.
- Danke.

3 Partnerarbeit. Macht Dialoge.

C

- Entschuldigung. Wo ist das Verkehrsamt, bitte?
- Das Verkehrsamt ist auf dem Mozartplatz.
- Danke.

AH Q

4 Hör gut zu und lies mit.

A

- Guten Tag. Wo ist die nächste Bank, bitte?
- Die nächste Bank? Sie gehen hier geradeaus.
- Danke.

B

- Guten Morgen. Wo ist das Museum, bitte?
- Das Museum? Sie gehen hier links und dann rechts. Es ist in der Lessingstraße.
- Danke schön.

C

- Hallo. Wo ist hier ein Campingplatz, bitte?
- Ein Campingplatz? Sie gehen hier rechts und dann links und dann wieder rechts. Es ist nicht weit - nur 4 Kilometer.
- Oh nein! Wo gibt es hier ein Taxi?

5 Partnerarbeit. Macht Dialoge.

AH R

6 Zum Lesen. Was paßt zusammen?

a

Zum Bahnhof
Vom Hotel ist der Bahnhof gar nicht weit - nur fünf Minuten zu Fuß. Gehen Sie vom Hotel geradeaus und dann links. Der Bahnhof ist in der Rheinstraße.

b

Hallo Martin!
Wir sind bei Erich.
Hannemannstraße 34.
Das ist die zweite Straße links und dann die erste Straße rechts.
Komm bald! Anna.

c

Krankenhaus
zweite Straße links – vierte Straße rechts – zweite Straße links – geradeaus.

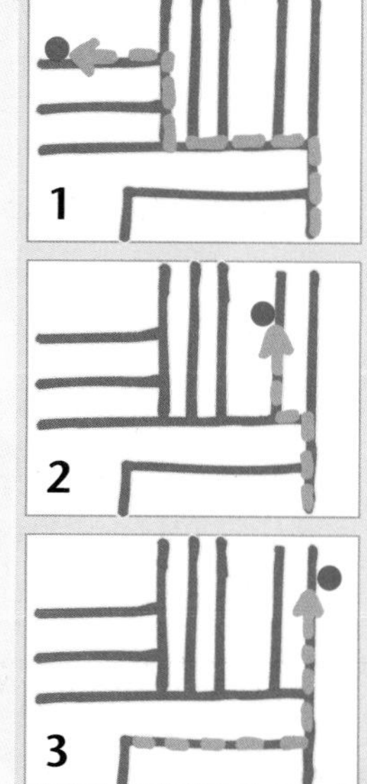

i
rechts →
links ←
geradeaus ↑

Willkommen zum Olympiapark!

Der Olympiapark, München:
Hier waren 1972 die Olympischen Spiele.

1 **Hier ist ein Stadtplan von München.**
Wo ist der Olympiapark?
Wie ist die Adresse?

2 **Partnerarbeit.**
Hier sind einige Fotos.
Beschreibt sie zusammen.

Beispiel:
Hier ist das Stadion. Es ist sehr groß und modern.

W
der Turm
die Schwimmhalle
das Eisstadion
das Radstadion
das Stadion

AH 5

3 Hier ist ein Plan vom Olympiapark.
Beantworte diese Fragen.

Wo ist das Stadion?

Wo ist das Schwimmbad?

Wo ist die kleine Olympiahalle?

Wo ist das Eisstadion?

1 = die Olympiahalle
2 = die kleine Olympiahalle
3 = das Stadion
4 = die Schwimmhalle
5 = das Eisstadion
6 = das Radstadion
7 = der Olympiaturm
8 = die Werner-von-Linde-Halle
9 = der See

Partnerarbeit.
Stellt Fragen zusammen.

4 Was kann man hier machen?
Mach eine Liste.

Man kann schwimmen.
Man kann den Fernsehturm besuchen.

5 Mach ein Poster über den Olympiapark, München.

6 Zeichne einen neuen Olympiapark für die nächsten Olympischen Spiele.

- Wo ist der Park?
- Wie ist der Park?
- Was gibt es hier?
- Was kann man hier machen?
- Wie ist das Olympiadorf?
- Wie sehen die Schlafzimmer für die Sportler und Sportlerinnen aus?

Wann ißt du zum Frühstück?

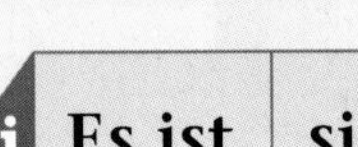

1 Hör gut zu.
Wie spät ist es?

Es ist	sieben Uhr.		
	halb acht.		
	fünf Minuten zehn Minuten Viertel zwanzig Minuten fünfundzwanzig Minuten	vor nach	acht. sieben.

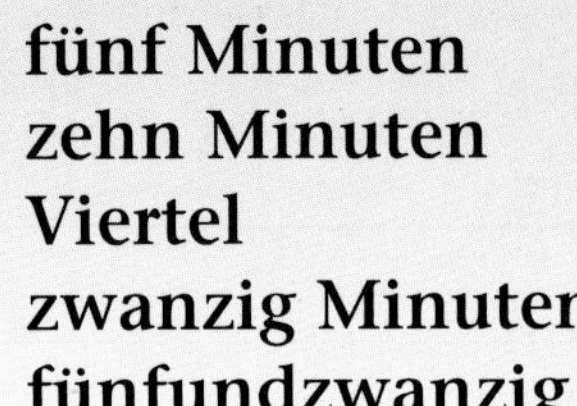

AH A
AH B

2 Partnerarbeit.
Wie spät ist es?

Beispiel:

A: Nummer 4. Wie spät ist es?
B: Es ist Viertel nach sieben.

A: Es ist zwanzig Minuten vor acht. Welche Nummer?
B: Nummer 9.

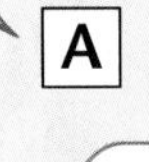

3 Wann ißt du zum Frühstück?

Um	acht Uhr.		
	halb acht.		
	zehn Minuten	vor nach	acht.

AH C

4 Hör gut zu.
Was ißt du zum Frühstück?
Was trinkst du zum Frühstück?

Ich esse Zum Frühstück esse ich	Müsli. ein Brötchen mit Honig. nichts.
Ich trinke Zum Frühstück trinke ich	Milch. eine Tasse Tee.

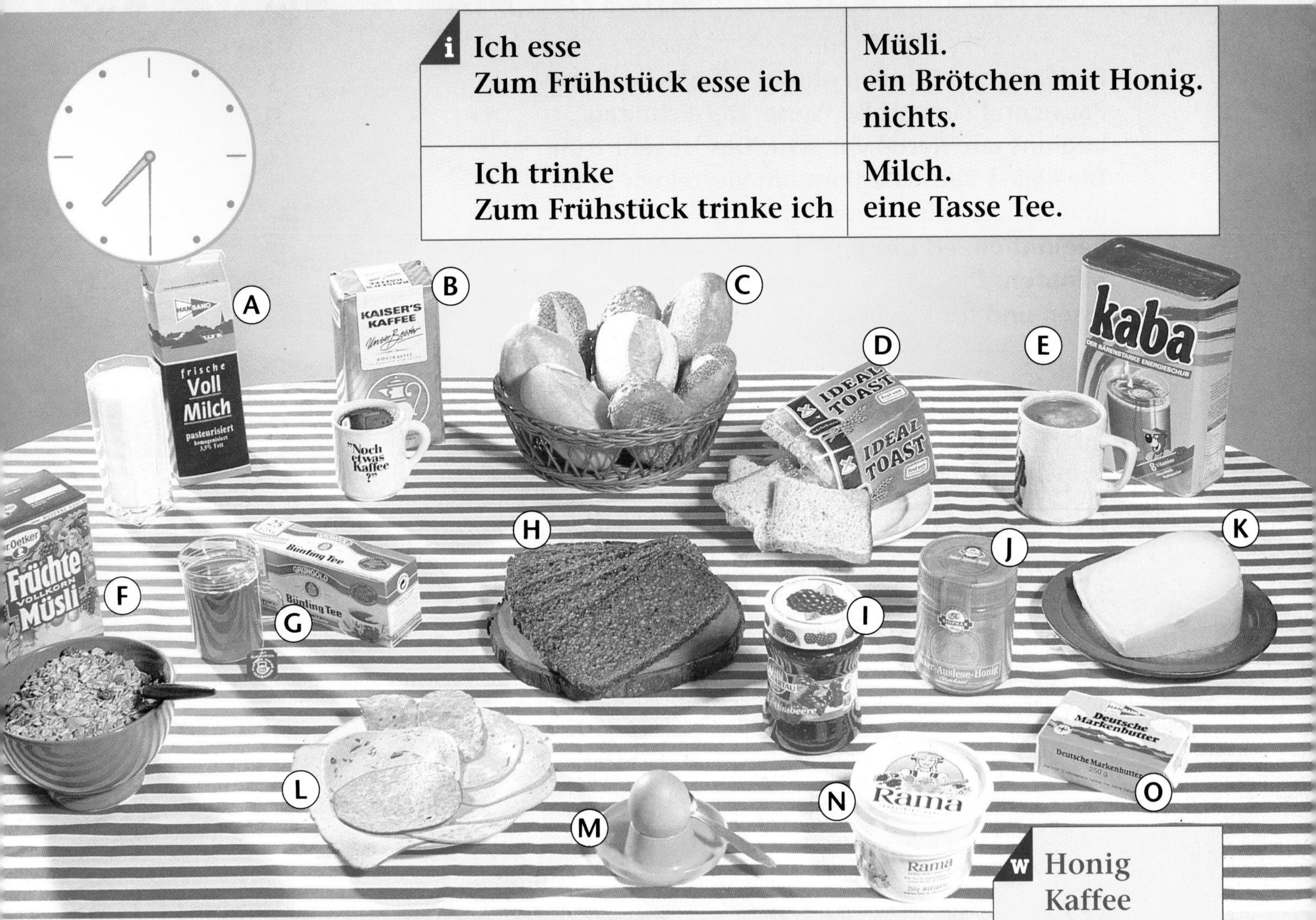

A B C D E F G H I J K L M N O

W
Honig
Kaffee
Kakao
Käse
Tee
Toast
Butter
Margarine
Marmelade
Milch
Wurst
Brot
Brötchen
Ei
Müsli

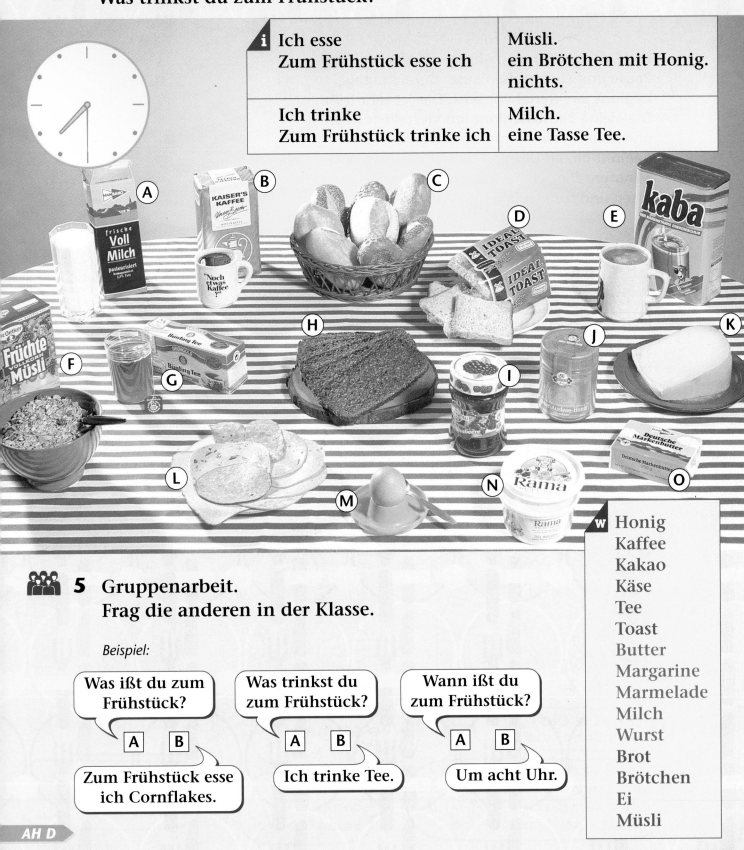

5 Gruppenarbeit.
Frag die anderen in der Klasse.

Beispiel:

A: Was ißt du zum Frühstück?
B: Zum Frühstück esse ich Cornflakes.

A: Was trinkst du zum Frühstück?
B: Ich trinke Tee.

A: Wann ißt du zum Frühstück?
B: Um acht Uhr.

AH D

Was ißt du in der Pause?

1 Zum Lesen.

In deutschen Schulen gibt es oft eine kleine Pause und eine große Pause. Der Schultag beginnt um Viertel vor acht. Das ist sehr früh. Die kleine Pause beginnt um Viertel vor neun und dauert zehn Minuten. Die große Pause beginnt um elf Uhr und dauert zwanzig Minuten. Die Schüler haben Hunger. Sie essen und trinken in der Pause.

Wann beginnt dein Schultag?
Wann ist die Pause bei euch?

2 Hör gut zu und lies mit.
Was essen sie in der Pause?
Was paßt zusammen?

A

B

D

E

1
Ich esse Obst, Brot und Schokolade.

2 Ganz verschieden, Obst und ein Getränk vielleicht, oder ein Butterbrot und etwas zu trinken.

3 Ich esse eine Wurstsemmel* und trinke Saft.

4 Ich esse immer ein belegtes Brot.

5
Obst – Äpfel, Bananen, etwas zu trinken.

6 In der Pause esse ich Brezeln und trinke dazu Cola.

*Semmel = Brötchen

3 Partnerarbeit.
Was ißt du in der Pause?
Trinkst du etwas dazu?

Ich esse In der Pause esse ich	Obst einen Apfel. eine Banane. eine Orange. ein Brötchen. ein belegtes Brot. ein Käsebrot. ein Butterbrot. ein Wurstbrot. Süßigkeiten.
Ich trinke In der Pause trinke ich	Saft. Cola. Limonade. eine Tüte Milch.

1 2 3 4 5 6 7 8 9

AH E
AH F

4 Was ist hier gesund?
Was ist hier ungesund?

AH G
AH H

Was ißt du zum Mittagessen?

AH I

1 Hör gut zu.
Was ist auf dem Tisch?

W
Fisch
Kartoffelsalat
Kopfsalat
Reis
Pizza
Suppe
Wurst
Fleisch
Obst
Schnitzel
Wasser
Pommes frites
Nudeln

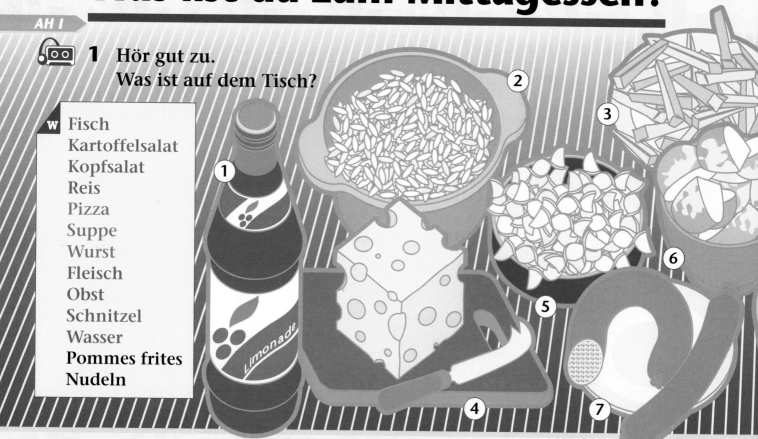

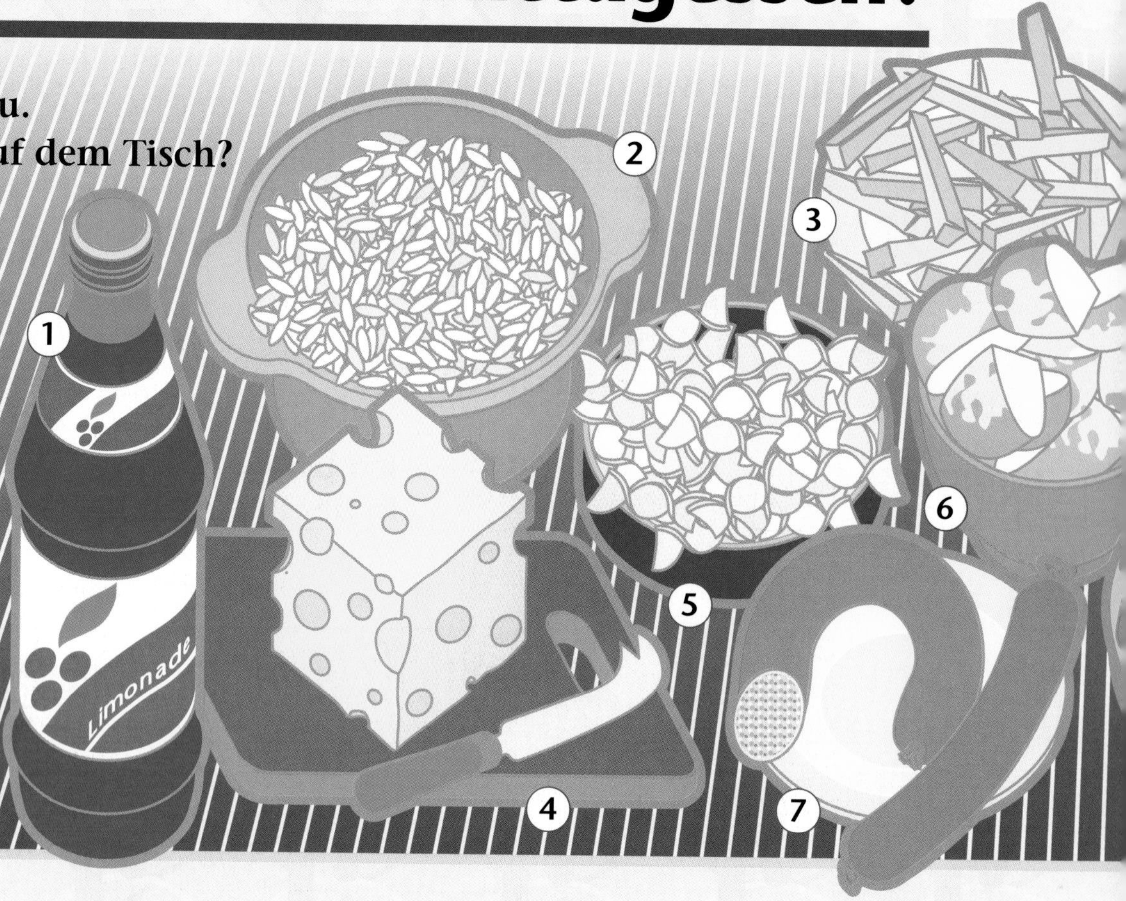

1 Limonade
2
3
4
5
6
7

AH J

2 Hör gut zu.
Was sagen sie?

1 2 3 4 5 6

COLA

3 Partnerarbeit.
Was ißt du zum Mittagessen?

Was trinkst du zum Mittagessen?

Ich esse Zum Mittagessen esse ich	eine Suppe. Käse mit Salat. Fisch und Nudeln.
Ich trinke Zum Mittagessen trinke ich	Limonade. Wasser.

AH K

4 Partnerarbeit.
Zum Spielen!

Ich sehe 'was, was ▶
du nicht siehst und das
beginnt mit ... K!
◀ *Kaffee?*
Nein. ▶
◀ *Käse?*
Nein. ▶
◀ *Kakao?*
Ja, richtig! ▶
Jetzt bist du dran!

5 Hast du Hunger? Hast du Durst?
Hör gut zu und sing mit!

Wir haben Hunger, Hunger, Hunger,
haben Hunger, Hunger, Hunger,
haben Hunger, Hunger, Hunger,
haben Durst.

Wo bleibt die Limo, Limo, Limo,
bleibt die Limo, Limo, Limo,
bleibt die Limo, Limo, Limo,
bleibt die Wurst?

Am Tisch

**1 Schau mal das Foto an.
Hier sind noch Getränke,
Gemüse, Fleisch.**

W
Blumenkohl
Pfeffer
Kohl
Pudding
Bier
Eis
Hähnchen
Mineralwasser
Rindfleisch
Salz
Bohnen
Erbsen
Kartoffeln

AH L

2 Hör gut zu und lies mit.

Guten Appetit!
Guten Appetit!
Ißt du gern Rindfleisch?
Ja, bitte, sehr gern.
Ißt du Bohnen?
Nein, danke.
Mineralwasser oder Bier?
Bier, bitte.

Danke, das hat gut geschmeckt.

**3 Partnerarbeit.
Macht andere Dialoge.**

4 **Hör gut zu und lies mit.**

5 **Partnerarbeit.**
Was ißt du gern?
Was trinkst du gern?

Ja, ich esse gern	Salat. Suppe. Erbsen.
Ja, ich trinke gern	Bier.

Nein, ich esse	keinen Salat. keine Suppe. keine Erbsen.
Nein, ich trinke	kein Bier.

6 **Hör gut zu. Zum Üben:**
Hier ist ein Zungenbrecher!

Was ißt du gern?

1 Hör gut zu und lies mit.

2 Hier sind die Zutaten für Eintopf und für Reissalat.

3 Zum Lesen.
Hier sind die zwei Rezepte.
Was paßt zusammen?
Wie macht man Eintopf?
Wie macht man Reissalat?

Wenn der Reis kalt ist, geschnittene Äpfel, Wurst, Käse und Eier einrühren. Erdnüsse darauf streuen.
(C)

Das Fleisch kleinschneiden und in heißem Öl anbraten. Die geschnittenen Zwiebeln,
(A)

Deckel schließen und zwei Stunden kochen lassen.
(D)

den Reis zwanzig Minuten lang kochen lassen, bis er weich ist. Salz, Pfeffer, Currypulver, Mayonnaise, Zitronensaft und Ananas in den Reis mischen.
(E)

Kartoffeln, Karotten und die Bohnen auch in den Topf geben. Fünf Minuten rühren. Wasser, Salz und Pfeffer in den Topf geben.
(B)

Äpfel, Wurst, Käse und Eier kleinschneiden und
(F)

AH N
AH O

4 Partnerarbeit.
Lest zusammen. Ratet mal!
Was hat Andreas gegessen?

Spielt dann die Szene zusammen vor.
Was habt ihr gegessen?

Ich habe	zuviel Kuchen Eis einen Apfel eine Banane ein Käsebrot	gegessen.
Ich habe	Limonade	getrunken.

5 Zum Lesen.
Lies diese Gedichte richtig vor.

Backe, backe ...
der Bäcker hat gerufen:
Wer will guten Kuchen ...
der muß haben sieben Sachen:
Eier und Schmalz,
Zucker und ...
Milch und ...
Safran macht den Kuchen gelb.

Salz — Mehl — backen — Kuchen

Was ich gerne esse

Meine Puppe
mag keine ...
Mein Teddybär
mag Cola ...
Apfelsaft trinkt mein Bruder Klaus,
Kamillentee spuckt er ...
Der Kai, der ißt gern Nudelsalat,
doch nicht den Reis und den ...
Tomatensoße und Nudeln sind toll,
da füll ich mir gleich zwei Teller ...
Und Zitronenbrause muß auch noch sein,
da lad ich mir all meine Freunde ...

Spinat — sehr — ein — Suppe — voll — aus

Hör gut zu.
War es richtig?
Mach eine Kopie und illustriere sie.

AH P

Hast du Geld dabei?

1 Hör gut zu und lies mit.

1
WURSTBUDE
Hmm. Ich habe Hunger!
Ich auch.

2
Was kostet eine Wurst, bitte?
Zwei Mark fünfzig.

3
Oh, nein! Mein Geld ist zu Hause!

4
Hast du Geld dabei?
Leider nicht!

5
Und du?
Nur eine Mark.

6
Macht nichts! Um sechs gibt's Abendessen bei uns.

AH A

2 Partnerarbeit.
Hast du Geld dabei?

Hast du Geld dabei?	Leider nicht. Nur eine Mark.

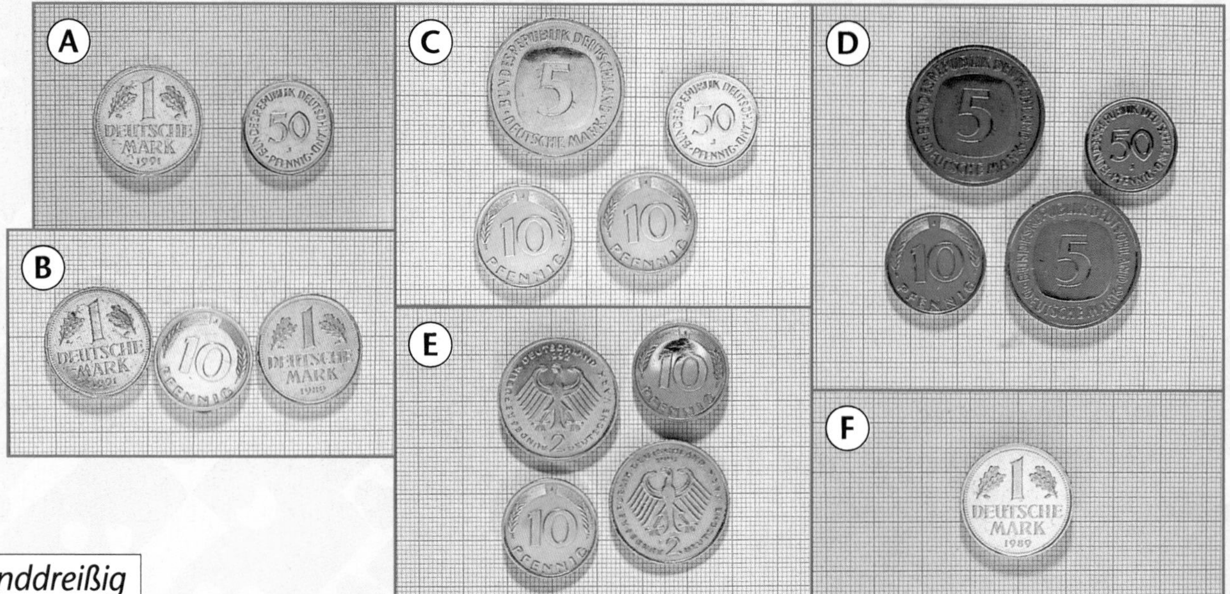

3 **Welches Geld kommt ...**
a aus Deutschland?
b aus der Schweiz?
c aus Österreich?

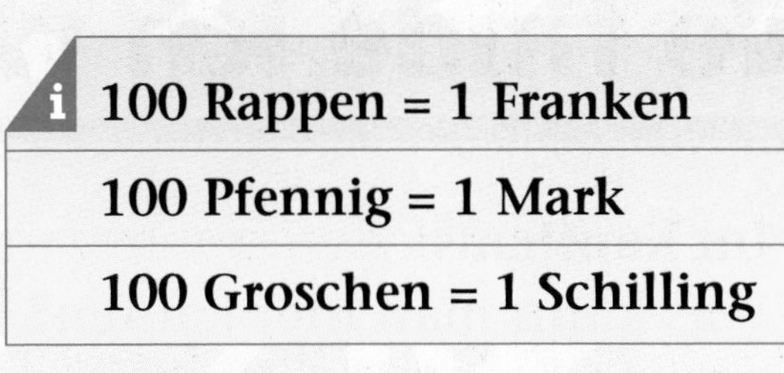
i 100 Rappen = 1 Franken
100 Pfennig = 1 Mark
100 Groschen = 1 Schilling

4 **Zum Lesen.**
Schau mal die Wechselkurse an.

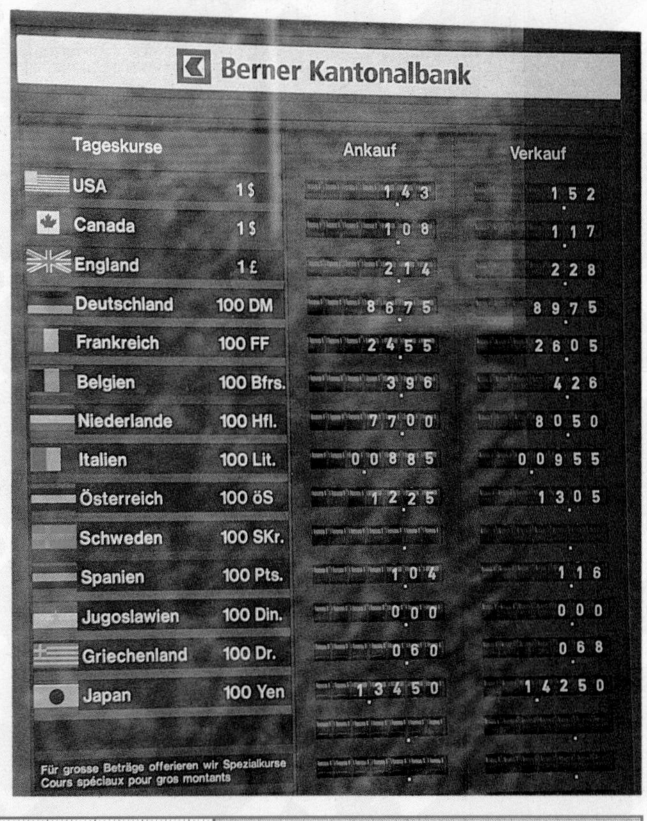

Berner Kantonalbank
Tageskurse Ankauf Verkauf
USA 1$ 1.43 1.52
Canada 1$ 1.08 1.17
England 1£ 2.14 2.28
Deutschland 100 DM 86.75 89.75
Frankreich 100 FF 24.55 26.05
Belgien 100 Bfrs. 3.96 4.26
Niederlande 100 Hfl. 77.00 80.50
Italien 100 Lit. 0.0885 0.0955
Österreich 100 öS 12.25 13.05
Schweden 100 SKr.
Spanien 100 Pts. 1.04 1.16
Jugoslawien 100 Din. 0.00 0.00
Griechenland 100 Dr. 0.60 0.68
Japan 100 Yen 134.50 142.50
Für grosse Beträge offerieren wir Spezialkurse
Cours spéciaux pour gros montants

AH B

5 **Wieviel Geld hast du?**

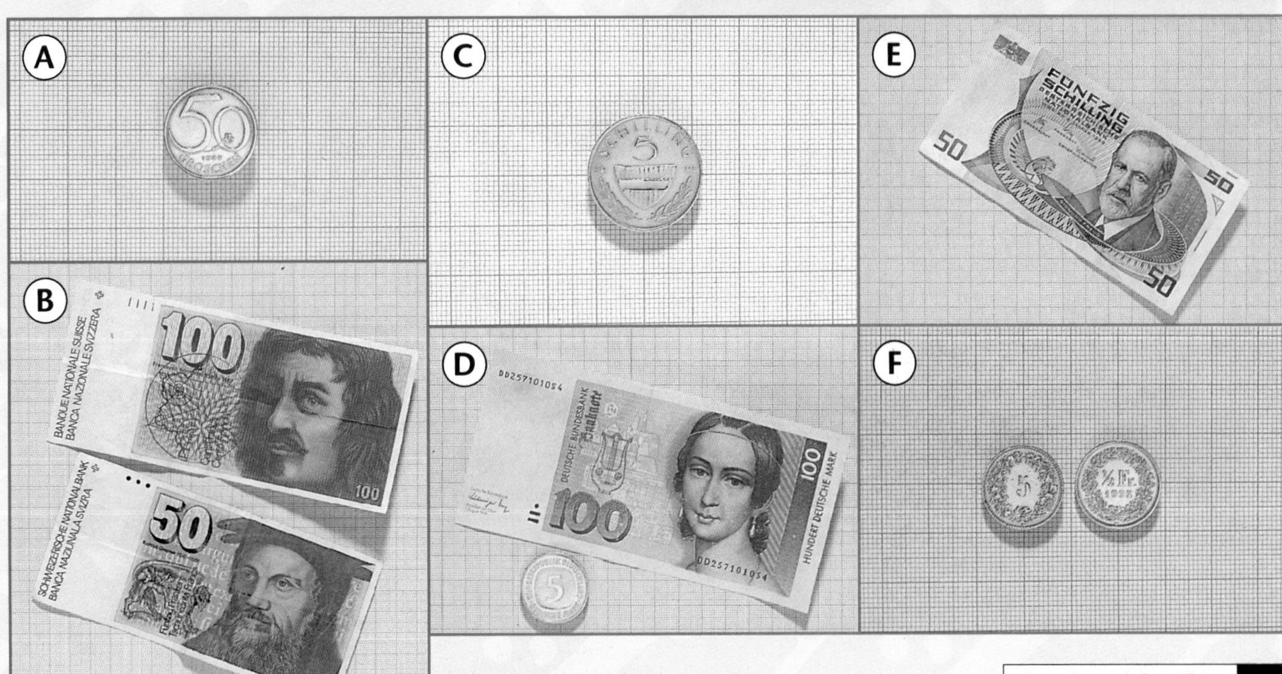

AH C

Wo finde ich was?

1 Im Kaufhaus.
Was kann man hier kaufen?

W

Bücher	Musikinstrumente
CDs	Pflanzen
Computer	Radios
Fahrräder	Schmuck
Lebensmittel	Schreibwaren
Modewaren	Sportartikel

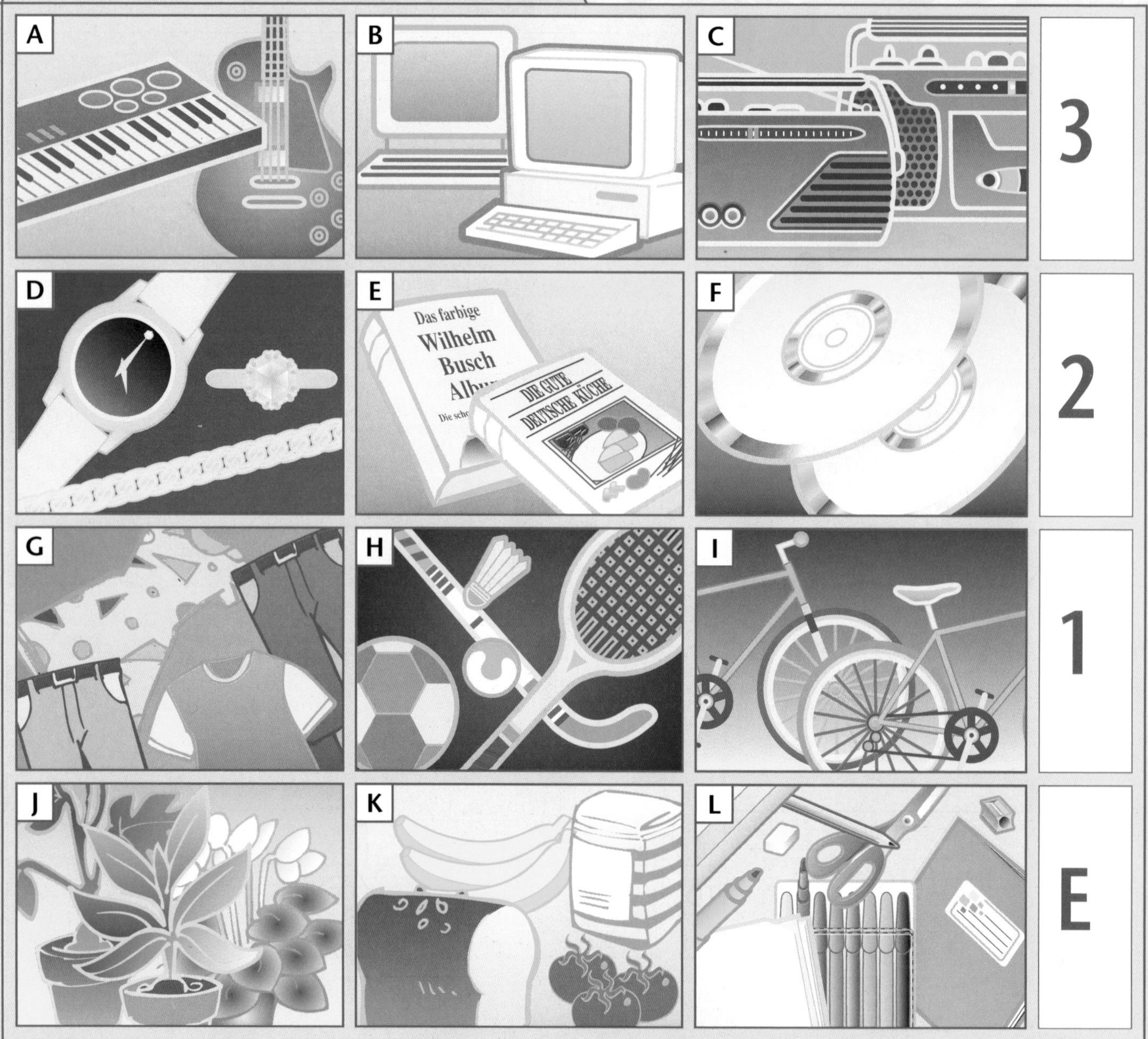

AH D
AH E

2 Partnerarbeit. Stellt Fragen zusammen.

Beispiel:

A: Wo finde ich CDs?
B: Im zweiten Stock.

Wo finde ich	Sportartikel? Radios? Bücher? CDs?	Im Erdgeschoß. Im ersten / zweiten / dritten Stock.

AH F+I

3 Hör gut zu. Zum Üben: Hier ist ein Zungenbrecher!

6
Schmuck, Schreibwaren und Sportartikel sind im sechsten Stock.

4 Zum Lesen.

KAUFHAUS DES WESTENS
Wo finde ich was?

So kommen Sie zum KaDeWe:
S-Bahn
U-Bahn

Zoologischer Garten · K.-W.-Gedächtniskirche · Budapester Str. · Kantstraße · Kurfürstenstraße · Kurfürstendamm · Tauentzienstraße · Wittenbergplatz · Passauer Str. · Ansbacher Str. · Uhlandstraße · Lietzenburger Str. · Schaperstraße

KaDeWe

Autoradios	4
Briefmarkenautomat	1 3
Bücher	3
Café	E
Campingartikel	1
Fahrräder	E
Fundbüro	1
Gartencenter	4
Geldautomat	2
Hundesalon	E
Informationsstand	E
Junge Mode	2
Lampen	5
Paßbilderautomat	E 3
Restaurants	3 5
Schreibwaren	3
Toiletten	1 3 5
Zeitschriften	E 6

AH G

Was darf es sein?

1 Hier kauft man Souvenirs.

(A) (B) (C) (D)

AH H

2 Partnerarbeit. Macht Dialoge.

Beispiel:

A: Was darf es sein?

B: Ich möchte zwei Postkarten, bitte.

Ich möchte	einen Kuli einen Stadtplan eine Postkarte ein T-Shirt ein Poster		bitte.
	zwei drei	Kulis Stadtpläne Postkarten T-Shirts Posters	

3 Hör gut zu und lies mit.

Guten Morgen, Frau Bauer. Was darf es sein?
Ich möchte ... ein Kilo Kirschen...
... ein halbes Kilo Trauben und eine Zitrone, bitte.
Sonst noch etwas?
Nein, danke. Das ist alles.
Also, das macht 6,40 DM insgesamt.
Bitte schön.
Danke schön. Auf Wiedersehen.
Auf Wiedersehen.

AH J
AH K

4 Auf dem Markt. Was kann man hier kaufen?

Ich möchte	ein Kilo ein halbes Kilo	Trauben. Kirschen.
	einen Apfel. eine Zitrone.	

AH L

Möchtest du ein Eis?

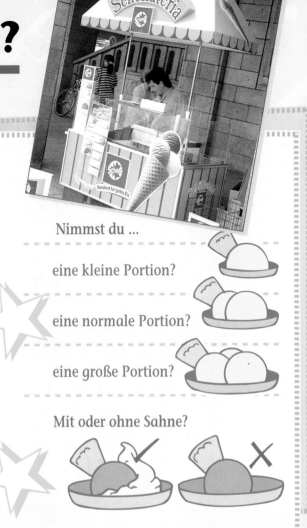

 **1 Zum Lesen.**

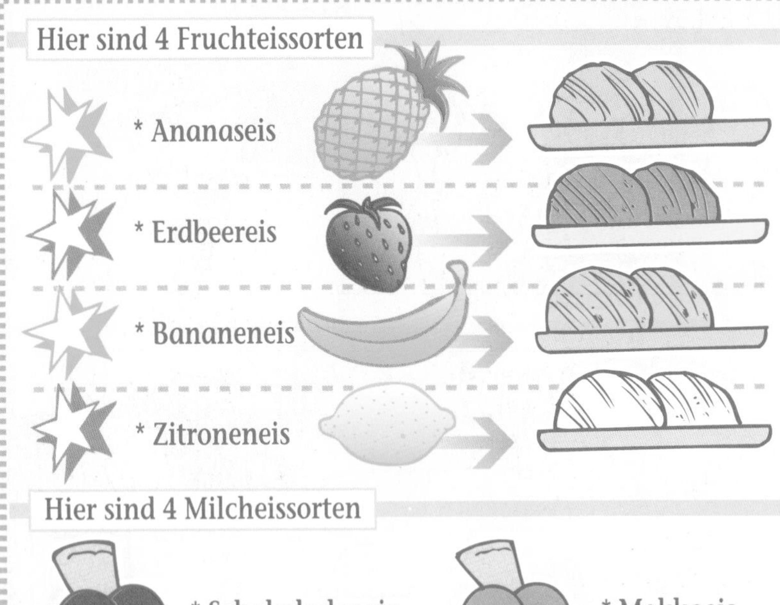

Hier sind 4 Fruchteissorten

* Ananaseis
* Erdbeereis
* Bananeneis
* Zitroneneis

Hier sind 4 Milcheissorten

* Schokoladeneis

* Mokkaeis

* Vanilleeis
* Walnußeis

Nimmst du ...

eine kleine Portion?

eine normale Portion?

eine große Portion?

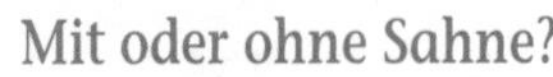

Mit oder ohne Sahne?

 **2 Hör gut zu.**
Was für ein Eis kauft man hier?

AH M

 **3 Partnerarbeit.**
Was nimmst du?

Beispiel:

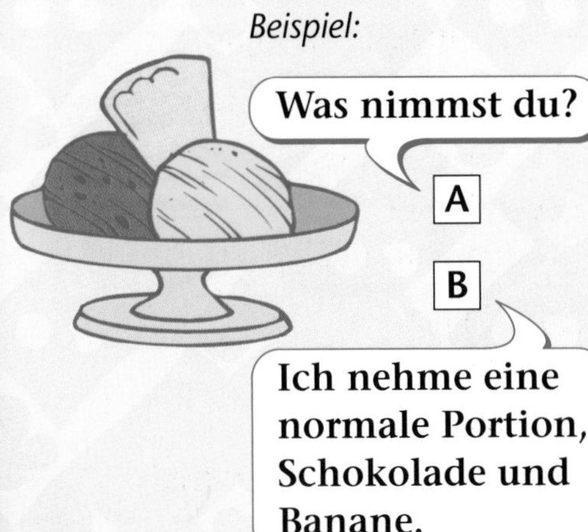

Was nimmst du?
A
B
Ich nehme eine normale Portion, Schokolade und Banane.

 **4** Hör gut zu und lies mit.

Im Eiscafé

Kellner: Guten Tag! Was wünschen Sie?
Eva: Ich möchte eine große Portion Schokoladeneis, bitte.
Kellner: Mit oder ohne Sahne?
Eva: Mit Sahne! ... Was willst du?
Maria: Zitroneneis, eine kleine Portion.
Eva: Und du?
Michael: Ich möchte einen Eisbecher!
Kellner: Und was trinken Sie dazu?
Eva: Eine Cola, bitte ... Was nimmst du?
Maria: Auch eine Cola.
Eva: Und du?
Michael: Ich nehme eine Limonade, bitte.

15 Minuten später ...

Eva: Ich möchte bitte zahlen.
Kellner: 5,50 DM, 2,60 DM, und 8,00 DM ... und zweimal Cola, 5,90 DM, eine Limo, 2,00 DM ... das macht zusammen 24,00 DM.
Eva: Bitte schön.
Kellner: Danke schön.

AH N

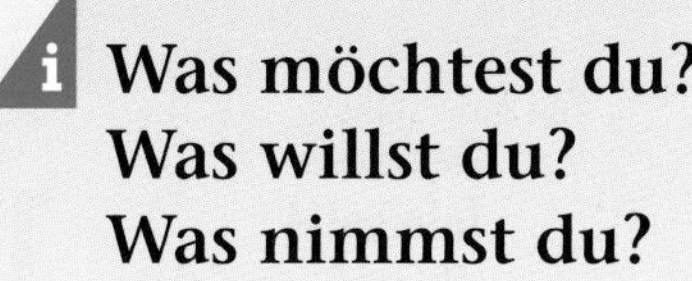
i Was möchtest du?
Was willst du?
Was nimmst du?

Was möchten Sie?
Was wünschen Sie?
Was nehmen Sie?

 **5** Gruppenarbeit.
Spielt eine Szene im Eiscafé vor.

 **6** Zum Lesen.
Was paßt zusammen?

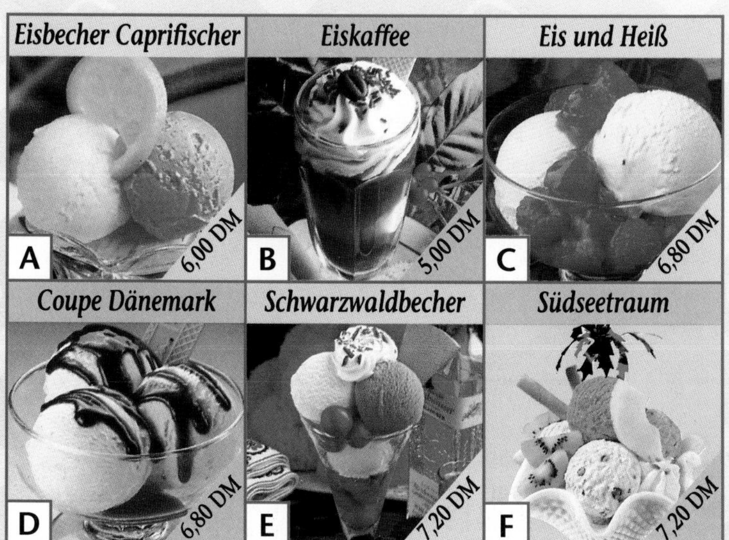

1 Kühles Vanilleeis, überzogen mit heißer Schokosoße.
2 Aromatischer Kaffee mit Vanilleeis und Sahne.
3 Eiskrem mit Walnüssen, Vanilleeis, Erbeer-Fruchteis mit Kiwi, Ananas, Sahne und Waffel.
4 Das beliebte Eis mit Vanille- und Schokoladeneis, Kirschen, Sahne und einem Schuß Kirschwasser.
5 Ein erfrischender Eisbecher aus verschiedenen Fruchteissorten.
6 Feines Vanilleeis mit heißen aromatischen Himbeeren – ein Eisdessert für einen Winterabend.

Im Supermarkt

1 Was kann man hier kaufen?
Was kostet das alles?

Beispiel:
Man kann 2 Kilo Orangen kaufen.
Das kostet 2,99 DM.

So praktizieren wir aktiv Umweltschutz:
Gedruckt auf 100 % chlorfrei gebleichtes Papier.

Spanische Navel-Orangen
Hkl. II, 2-kg-Netz
2.99

Cypern Grapefruit
4 Stück im Netz
1.99

Argentinische Tafeltrauben
hell oder blau, Hkl. I
1000 g
5.99

Deutsche Tafeläpfel
„Elstar od. Jona Gold"
Hkl. I, 2-kg-Beutel
1.99

„Neue Ernte"
Argent. Tafelbirnen
„Williams", Hkl. I, 1000 g
3.99

Holländischer Rosenkohl
Hkl. I
500-g-Netz
-.99

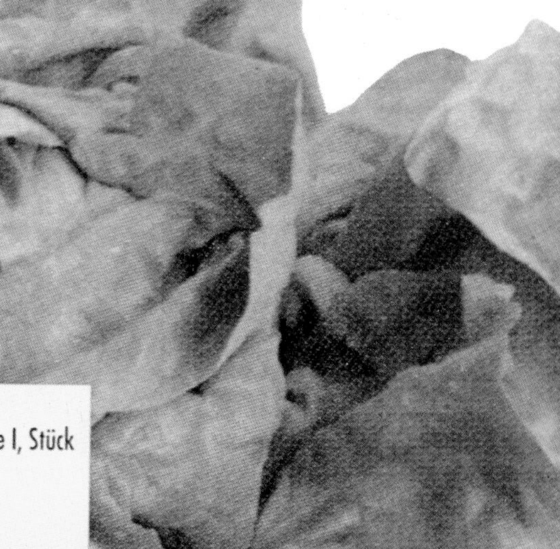

Kopfsalat
Handelsklasse I, Stück

Milka Lila Stars
verschiedene Sorten, 150-g-Beutel **2.29**

Milka Riegel
Lila Pause verschiedene Sorten, 3er Packung,
Nussini 3er Packung,
Viva Lila 6er Packung,
jede Packung **1.69**

Schloß Wachenheim Sekt
grün Cabinett
0,75-Liter-Flasche
7.99

Schloß Wachenheim Riesling Sekt
0,75-Liter-Flasche
9.98

Weber Berliner
6-Stück-Packung
2.99

SUPER KNÜLLER 5.99

Frischer Schweinehals
mit Knochen, saftige Bratenstücke, kg

SUPER KNÜLLER -.99

Allgäuer Emmentaler
45% Fett i. Tr.,
zart-nussiger Hartkäse
100 g am Stück

Krosstaler 2 Baguettes oder 4 Brötchen
zum Aufbacken
200-g-Packg.
-.99

Bärenmarke Kondensmilch
10% Fettgehalt,
340-g-Dose

SUPER KNÜLLER -.99

AH O
AH P

SUPER KNÜLLER -.99

„Mönchsgold" Fleischwurst
im Naturdarm und Fleischwurst mit Knoblauch
mit der rot-weißen Güteplombe unverwechselbar echt.
100 g **-.99 DM.** In Selbstbedienung: 1/2 Stücke,
300-g-Stücke **2.99 DM.** kg = **9.97 DM**

PROJEKT 4

Mode

Was kostet die Jacke?

1 Partnerarbeit.
Was kostet das?

i			
Was kostet	der Rock? die Hose? das Hemd?	Er Sie Es	kostet …
Was kosten	die Socken?	Sie	kosten …

W
der Hut
der Pulli
der Rock
die Bluse
die Hose
die Jacke
die Jeans
das Hemd
das Kleid
die Schuhe
die Socken

AH A
AH B
AH C

2 Hör zu und lies mit.

Was kostet der Pulli?

Der blaue Pulli?

Nein, der rote Pulli.

60,00 DM.

Und was kostet die Hose?

Die rote Hose?

Nein, die schwarze Hose.

79,95 DM

Und das T-Shirt?

Das weiße T-Shirt?

Ja, natürlich. Was sonst?

3 Partnerarbeit. Stellt Fragen zusammen.

Beispiel:

Was kostet der Rock?

Nein. Der blaue Rock.

A B

i Was kostet	der blaue Pulli? die rote Hose? das weiße T-Shirt?
Was kosten	die schwarzen Socken?

AH D

Wie gefällt dir die Farbe?

1 Schau mal die T-Shirts an.
Wie gefällt dir lila, usw?

(1) (2) (3) (4) (5) (6) (7) (8) (9) (10) (11) (12) (13)

U2 die Tour '94

i lila
türkis
orange
grau
weinrot

AH E

2 Partnerarbeit.
Stellt Fragen zusammen.

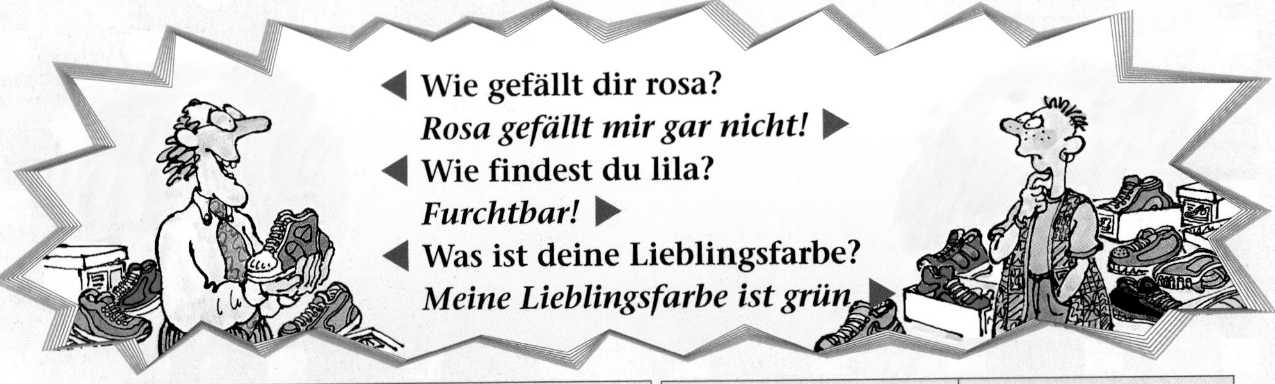

◀ Wie gefällt dir rosa?
Rosa gefällt mir gar nicht! ▶
◀ Wie findest du lila?
Furchtbar! ▶
◀ Was ist deine Lieblingsfarbe?
Meine Lieblingsfarbe ist grün. ▶

i Wie gefällt dir lila?	Lila gefällt mir	sehr gut. gut. nicht so gut. gar nicht.
Wie findest du rot?	Fantastisch. Furchtbar.	
Was ist deine Lieblingsfarbe?	Meine Lieblingsfarbe ist orange.	

AH F
AH G

3 Hör zu und lies mit.

Hast du ein Kleid für Marios Hochzeit? Sie ist nächstes Wochenende.

Ich weiß, Mutti. Hier ist mein Kleid.

Aber Maria. Das ist furchtbar! Wir gehen einkaufen.

SPÄTER....

Wie gefällt dir dieses Kleid?

Gar nicht!

Und dieses Kleid?...

Auch nicht.

Und dieses Kleid....

...gefällt mir gar nicht!

Na, und..?

Ja! Dieses Kleid gefällt mir sehr gut!

Aber... der Preis gefällt mir leider nicht!

AH H

4 Was paßt zusammen? Wie gefällt dir diese Kleidung?

A

Jacquard-Pullover mit niedlichem Katzenmotiv. In längerer Form. Material: 100% Polyacryl. **Farbe:** Lila-Bunt (83).

Gr.: 116, 128	**39,95**
Gr.: 140, 152	**45,95**
Gr.: 164, 176	**49,95**

NEU! Winter Jeans-Shorts von JOHN F. GEE. Eine Riesensache und supersexy zu Leggings getragen. In 5-Pocket-Form. Material: Black Denim aus 100% Baumwolle, stone-washed. **Farbe:** Schwarz (01).

Gr.: 116, 128	**29,95**
Gr.: 140, 152	**34,95**
Gr.: 164, 176	**39,95**

B

Hemd in lässiger Form. Als modischer Gag: Farbiger Einsatz an Brust und Ärmeln. Material: 100% Baumwolle, vorgewaschen. **Farben:** Schwarz (01), Lila (15), Rot (65).

Gr.: 116, 128	**29,95**
Gr.: 140, 152	**34,95**
Gr.: 164, 176	**39,95**

C

Jeans-Jacke von JOHN F. GEE. Typische Western-Form mit 2 Eingrifftaschen und 2 Brusttaschen mit Patte und knopf. Bund durch knopfe verstellbar. Material: 100% Baumwoll-Denim. **Farben:** Dunkelblau, stone-washed (01).

Gr.: 116, 122, 128	**44,95**
Gr.: 134, 140, 146	**49,95**
Gr.: 152, 164, 176	**54,95**

2

4

Fb. (65)

3

D

Bluse mit hochwertiger Stickerei am Kragen. Vorn mit Biesen-Verarbeitung. Material: 100% Baumwolle. **Farbe:** Weiß (09).

Gr.: 116, 122	**29,95**
Gr.: 128, 134, 140	**33,95**
Gr.: 146, 152, 158	**36,95**
Gr.: 164, 170, 176	**39,95**

Stretch-Jeans von JOHN F. GEE. In 5-Pocket-Röhrenform. Nieten und Billettäschchen. Beinabschluß mit Reißverschluß. Längselastischer Denim: 95% Baumwolle, 5% Elasthan, stone-washed. **Farbe:** Blau (12).

Gr.: 116, 122	**49,95**
Gr.: 128, 134, 140	**53,95**
Gr.: 146, 152, 158	**56,95**
Gr.: 164, 170, 176	**59,95**

i Wie gefällt dir	dieser Pulli? diese Hose? dieses Kleid?	Er Sie Es	gefällt mir	sehr gut. gut. nicht so gut.
Wie gefallen dir	diese Socken?	Sie	gefallen mir	gar nicht.

AH I

Was trägst du am liebsten?

1 Hör gut zu.
Was tragen sie am liebsten?

AH J

W der Trainingsanzug
die Jeansjacke
das Sweatshirt
die Turnschuhe

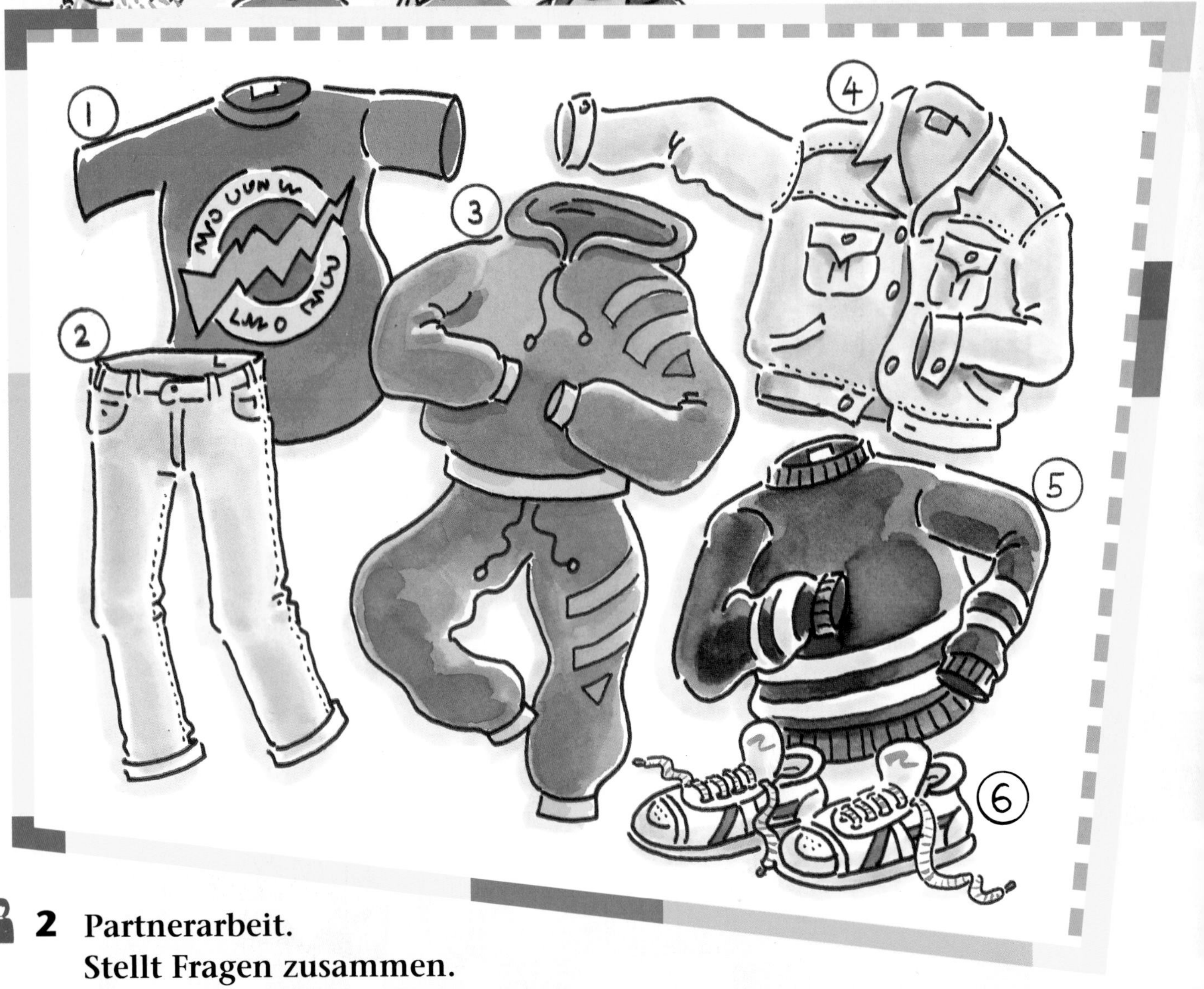

1 2 3 4 5 6

2 Partnerarbeit.
Stellt Fragen zusammen.

i Was trägst du	gern? am liebsten?

Ich trage	meinen Trainingsanzug. meine Jeansjacke. mein Sweatshirt. meine Turnschuhe.

3 Hör gut zu und lies mit. Was paßt zusammen?

1

2

3

A

Ich trage am liebsten bequeme Kleidung – eine Jeanshose, ein Sweatshirt und Trainingsschuhe.

B

Interessen: Mode

Am liebsten trage ich schicke Kleidung. Schwarz ist meine Lieblingsfarbe. Ich trage sehr gern Schmuck – Ohrringe, Ketten und große Gürtel.

C

Eine Jeans trage ich am liebsten – mit einem großen Ledergürtel. Meistens trage ich ein T-Shirt dazu.

4 Zum Lesen. Was meinst du zu in/out?

Schlaghosen
Miniröcke
Leggings
großer Modeschmuck
Levi's 501 Jeans
Wanderschuhe

Blumenhemden
Sandalen
Pelzjacken
Perlenketten
Faltenröcke
braune Socken
graue Schuhe

AH K
AH L

Hast du mein T-Shirt gesehen?

1 Hör gut zu und lies mit.

2 Partnerarbeit.
Stellt Fragen zusammen.

Beispiel:

A: Hast du mein T-Shirt gesehen?

B: Ja. Es ist auf der Stuhl.

B: Wo ist meine Jacke?

A: Sie ist im Kleiderschrank.

AH M
AH N

Im Kleiderschrank?

5 Hinter der Tür?

6 Auf dem Tisch?

ein, Mutti. Es ist nicht da!

8 Moment mal. Keine Panik!

9 Es hängt auf der Leine!

i Hast du	meinen Trainingsanzug meine Jeans mein T-Shirt	gesehen?	Er ist Sie ist Es ist	unter hinter auf	dem Tisch. der Tür. dem Bett.
	meine Turnschuhe		**Sie sind**	in der Tasche. im Kleiderschrank. im Bett.	

3 Zum Lesen.

AH O
AH P

Aschenputtel

1 Hör gut zu und lies mit.

72,00 DM
3
Oh... Das ist mir viel zu teuer. Es tut mir leid...
Sie ist so schön...
7
Sie sind mir zu eng!
Sie passen mir sehr gut!
8
Sie sind mir zu klein!
Nein, sie passen mir perfekt! Ich bin Ihre Partnerin
9
Es tut mir leid, meine Damen. Die Schuhe passen Ihnen nicht.
Oh, nein!
12
Möchten Sie meine Partnerin für den Karneval-Ball sein?
Oh, ja. Gerne!
Ende.

AH Q

Wie kommst du zur Schule?

1 Hör gut zu.
Was sagen sie?

AH A

2 Hör gut zu.
Wie weit wohnen sie von der Schule?

AH B

Ich komme	mit dem Bus. mit der Bahn. mit der Straßenbahn. mit der U-Bahn. mit dem Auto. mit dem Mofa. mit dem Fahrrad/Rad.
	zu Fuß.

3 Partnerarbeit.
Macht Dialoge.

Beispiel:

A: Wie weit wohnst du von der Schule?

B: Ich wohne 4 Kilometer von der Schule. Das ist 20 Minuten mit dem Rad.

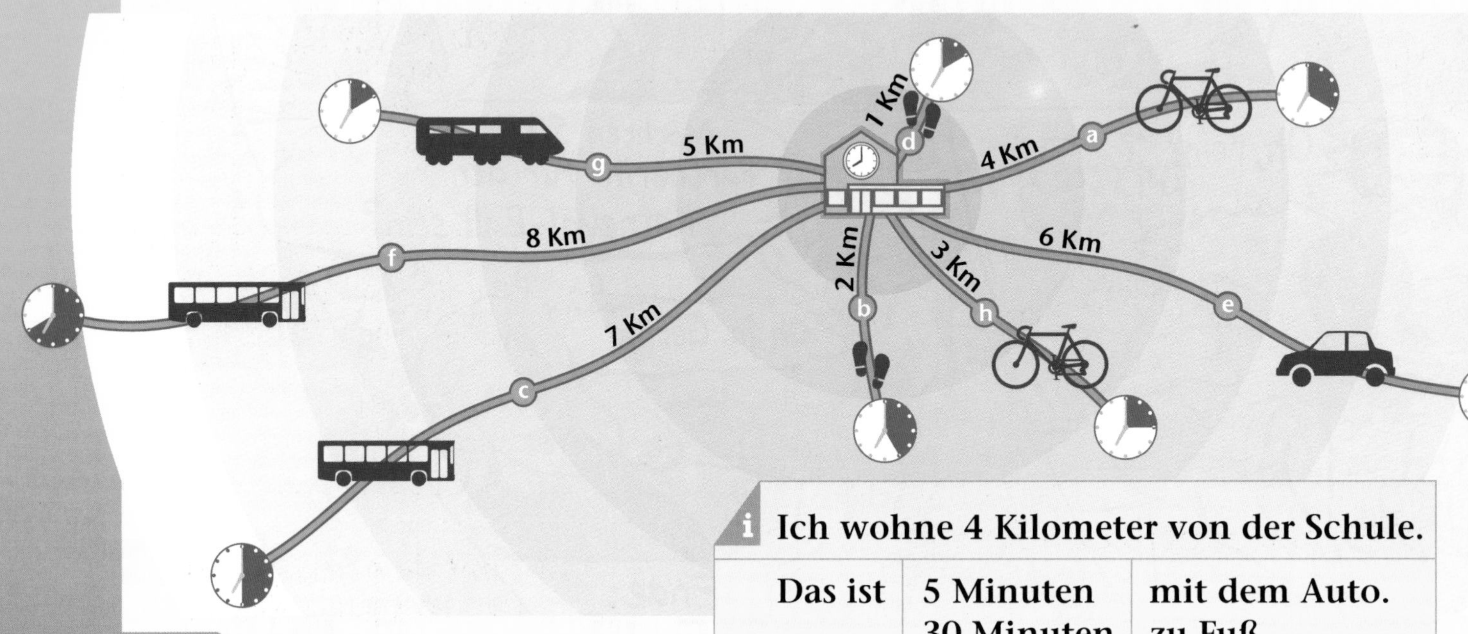

Ich wohne 4 Kilometer von der Schule.

Das ist	5 Minuten	mit dem Auto.
	30 Minuten	zu Fuß.

AH C

4 Hör gut zu.

Entschuldigen Sie, wie kommen Sie zur Schule?

A B C D

Frag jetzt deine Lehrer.

Wie	kommst fährst	du?	Wie	kommen fahren	Sie?

5 Hör gut zu und lies mit.

Mach andere Cartoons!

Ich bin	mit dem Bus gefahren. zu Fuß gekommen.

AH D

Fährst du mit dem Bus?

1 Hör gut zu und lies mit.

Zweimal zum Park, bitte, hin und zurück.
Welche Linie fährt zum Park?
Linie 6.
Wann fährt der nächste Bus, bitte?
In 10 Minuten.
Einmal zur Post, bitte, hin und zurück.

AH E

2 Partnerarbeit. Macht Dialoge.

Beispiel: Einmal zum Einkaufszentrum. Hin und zurück, bitte.

Einmal Zweimal Dreimal	zum Park, zur Post, zum Schwimmbad,	bitte.

→ = einfach
⇄ = hin und zurück

AH F

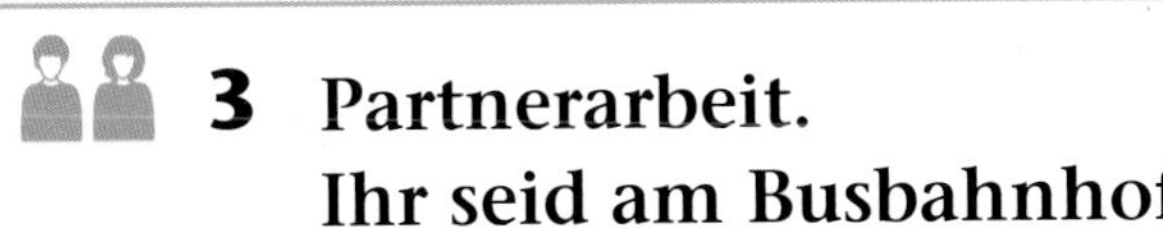

3 **Partnerarbeit.**
Ihr seid am Busbahnhof.
Stellt Fragen zusammen.

Beispiel:

A: Welche Linie fährt zum Museum, bitte?

B: Linie 1.

A: Wann fährt der nächste Bus zum Sportzentrum, bitte?

B: Um zehn Uhr. In ... Minuten.

Stadtmitte

DB

DJH

Linie 1	Linie 2	Linie 3	Linie 4	Linie 5	Linie 6
10.20	10.00	10.15	10.10	10.05	10.10
	10.30	10.30	10.20		10.20
11.20	11.00	11.15	10.30	11.05	10.30
	11.30	11.30	10.40		10.40
12.20	12.00	12.15		12.05	
	12.30		jede 10 Minuten bis		jede 10 Minuten bis
13.20	13.00	13.15		13.05	
	13.30				
14.20	14.00	14.15		14.05	
	14.30	14.30			
15.20	15.00	15.15		15.05	
	15.30	15.30			
16.20	16.00	16.15	18.00	16.05	18.00

Fährst du gern Rad?

1 **Hier ist ein Fahrrad.
Schau mal die Teile an.
Wie heißt das alles?**

W
der Gang
der Sattel
der Reifen
die Bremse
die Klingel
die Lampe
die Luftpumpe
das Rad

**ACHTUNG!
Deutsche Fahrräder haben oft Rücktritt! Das ist eine Bremse, die beim Rücktritt auf die Pedale aktiviert wird.**

AH H

W

2 **Hör gut zu und lies mit.
Wähl einen Tip von der Liste.
Mach ein Poster und illustriere es.**

Sicherheitstips für *RADFAHRER*

A Das Fahrrad immer in Schuß* halten!
Funktionieren die Bremsen?
Sind die Reifen aufgepumpt?
Geht das Licht? Und das Rücklicht?
Ist der Sattel zu hoch?
Ist die Klingel laut genug?

B Hast du deinen Helm dabei?

C Hast du Flickzeug mit?

D Benutze den Radweg!

E Schütze dein Fahrrad gegen Diebstahl!
Sichere es immer,
wenn du nicht dabei bist.

AH I

* heißt auch "in Ordnung"

3 Zum Lesen.

A

Rat an Radfahrer

Nur mit Radhelm

Fahrradhelme kommen in Mode. Um dem immer noch oft zu hörenden Satz *Fahrradhelme sind doof* entgegenzuwirken, veranstaltete die Dietrich-Bonhoeffer-Schule einen Helmspruch-Wettbewerb.

Dieser Spruch hat einen Preis gewonnen:

Der Fahrradhelm ist einfach Spitze, dein Kopf kriegt dann nicht eine Ritze.

Motto für das neue Schuljahr:

Ob groß oder klein Helm muß sein.

B

Was ist hier das Problem?

Ich war mit meinem Fahrrad mit fünf Gängen ziemlich zufrieden, aber jetzt, bei meinem Freund, habe ich ein neues Mountainbike mit ***einundzwanzig*** *Gängen getestet. Ich will jetzt so ein Mountainbike haben, aber das Geld ist ein Problem. Ich bekomme sehr wenig Taschengeld und kann nichts sparen. Mein Vater sagt nur, ich muß warten! Ich kann nicht Jahre warten!*

Christian - ein Fahrrad-Fan

C

Spaß mit Tieren

Radfahren mit dem Hund.
Radfahren ist in. Radfahren ist gesund.
Aber ist es gut für den Hund, wenn er mitläuft?
Ja! Wichtig ist, daß der Hund gut erzogen ist und mit der Leine sicher läuft. Beginnen Sie aber langsam!

AH J
AH K

Wie fährst du gern?

1 **Hör gut zu und lies mit. Wie fährst du gern?**

AH M

2 **Partnerarbeit. Macht Dialoge.**

Beispiel:

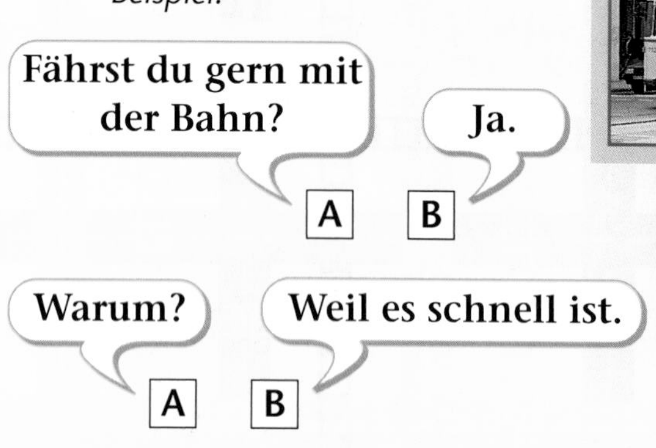

Fährst du gern mit der Bahn?
Ja.
A
B
Warum?
Weil es schnell ist.
A
B

Weil es	teuer billig schnell langsam gesund praktisch umweltfreundlich	ist.
Weil ich	aktiv nervös seekrank	bin.

3 **Hör gut zu.**
Wie fährst du lieber?

AH N

4 **Gruppenarbeit.**
Macht so eine Skizze und spielt sie vor der Klasse.

Weil es	schneller teurer billiger praktischer gesünder besser	ist.
Weil es	mehr Spaß macht.	

AH O

Gute Reise!

Hier ist ein Spiel für 4 Personen.
Wer zuerst in die Stadtmitte kommt, gewinnt.
Ihr braucht einen Würfel.

Spielregeln:

1 Für den Start eine 1, 2, 3 oder 4 an deiner Haltestelle würfeln.

2 Einmal um den Kreis und dann in die Stadtmitte gehen.

3 Wenn man auf das Feld kommt, die Frage beantworten, oder die Informationen geben.

4 Falsche Antwort – zurück zur Haltestelle. Richtige Antwort – auf dem Feld bleiben.

Fragen und Informationen:

Beispiele:

= **Welche Linie fährt zum Park, bitte?**

= **Wann fährt der nächste Bus zum Sportzentrum, bitte?**

= **In 10 Minuten.**

= **Linie 6.**

= **Zweimal zur Post. Einfach, bitte.**

= **Einmal zum Einkaufszentrum. Hin und zurück, bitte.**

START

Geh 1 Feld zurück!

START

Einmal aussetzen!
START
DTMITTE
Geh 1 Feld weiter!
Nochmal würfeln!
START
Bahnbus Nr 36083 b 4 3 79
Schülerwochenkarte Bahnbus/Schiene
PATRICIA MEIER
zur Messe
Messe Düsseldorf
Düsseldorf HBF
Großveranstaltungen: Shuttle – Messe Düsseldorf Sonderfahrplan
Beim Absteigen linke Hand am linken Griff
Geldern Markt
7 Rheurdt - Vluyn - Moers
32 K.-Lintfort - Moers - Duisburg
34 Straelen - Wankum
35 Straelen - Venlo
36 Sonsbeck
53 Uedem - Kalkar
67 Alpen - Wesel
069
70
078 Kempen-Krefeld
VGN
Deutsche Bundesbahn
HIN- UND RUECKFAHRT
09.04.90
Marktoberdorf
ZONE 10
69300219-25
AH L+P
AH Q

Die Natur

1 Schau mal die Bilder an.
Welche Jahreszeit ist das?

2 Hör gut zu.
Wie ist das Wetter?

AH A

i Es ist	windig. neblig. sonnig. warm. kalt. wolkig.
Es Es	schneit. regnet.
Im Winter	ist es kalt. schneit es.

3 Hör gut zu und lies mit.
Welche Jahreszeit ist das?

A April, April, April
der weiß nicht, was er will.
Mal Regen und mal Sonnenschein
dann schneit es wieder zwischendrein.
April, April, April
der weiß nicht, was er will.

Heinrich Seidel

B Im Sommer, im Sommer,
da ist die schöne Zeit,
da freuen sich die Jungen
und auch die alten Leut*.

C Es schneit, es schneit,
es geht ein kalter Wind.
Da ziehen die Mädchen Handschuh an,
die Buben* laufen geschwind.

D Bunt sind schon die Wälder,
gelb sind die Stoppelfelder,
und der Herbst beginnt.
Rote Blätter fallen,
graue Nebel wallen,
kühler weht der Wind.

Johann Gaudenz von Salis-Seewis

AH B

* In Österreich sagt man Buben für Jungen

* Leute

4 Schau mal diese Bilder an. Welche Jahreszeit ist das?

W
der Baum
der Vogel
die Blume
das Tier

Bäume:
die Birke
die Buche
die Eiche
die Kastanie

Vögel:
der Kuckuck
die Blaumeise
das Entchen
das Rotkehlchen

Blumen:
die Osterglocke
die Tulpe

Tiere:
der Frosch
der Igel
der Schmetterling
die Schnecke
die Spinne
das Eichhörnchen

5 Partnerarbeit. Ratet mal!

Beispiel:
◀ Ich bin fertig!
Ist es ein Baum? ▶
◀ Nein.
Ist es ein Tier? ▶
◀ Ja.
Ist es in Bild A? ▶
◀ Ja.
Ist es ein Frosch? ▶
◀ Richtig!

AH C

Umweltfreundlich in der Schule?

1 Hör gut zu und lies mit.
Was heißt umweltfreundlich?

i um + Welt → Umwelt
Freund → freundlich
Umwelt + freundlich → umweltfreundlich

2 Hör gut zu.
Welches Biotop ist das?

Hat deine Schule ein Biotop?

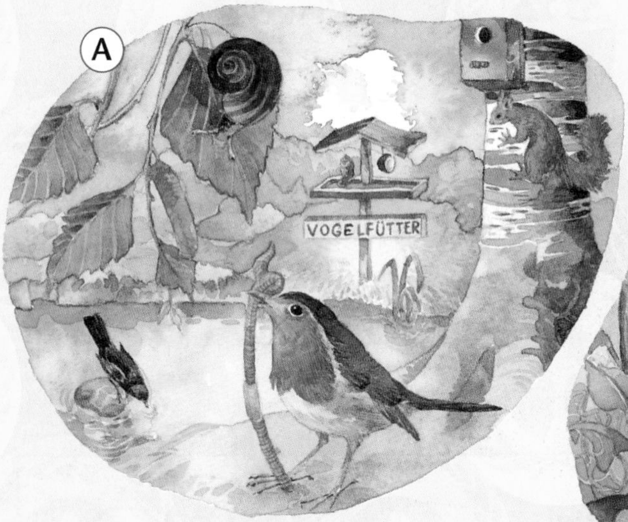

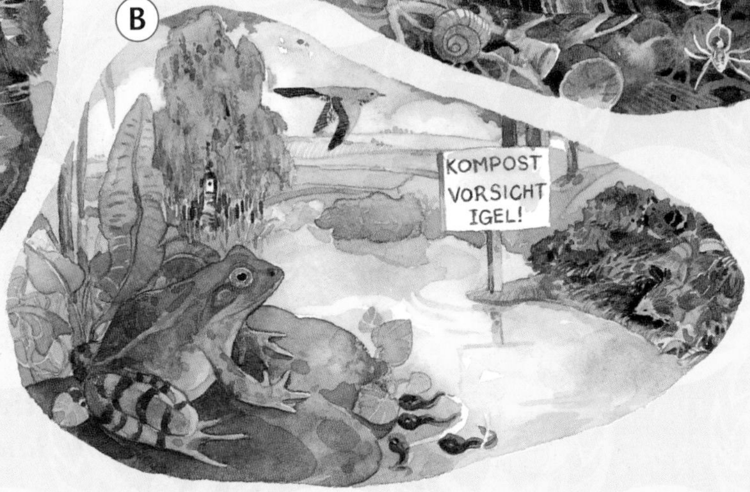

3 Partnerarbeit
Findet Unterschiede.

Beispiel:

In Bild A ist eine Schnecke.
In Bild B ist keine Schnecke.

i	
ein Kuckuck	kein Kuckuck
eine Spinne	keine Spinne
ein Eichhörnchen	kein Eichhörnchen

AH D

W **4 Sammele Informationen über die Umwelt in deiner Schule. Was für Bäume gibt es? Und wieviel? Was für Vögel und Tiere gibt es?**

AH E
AH F

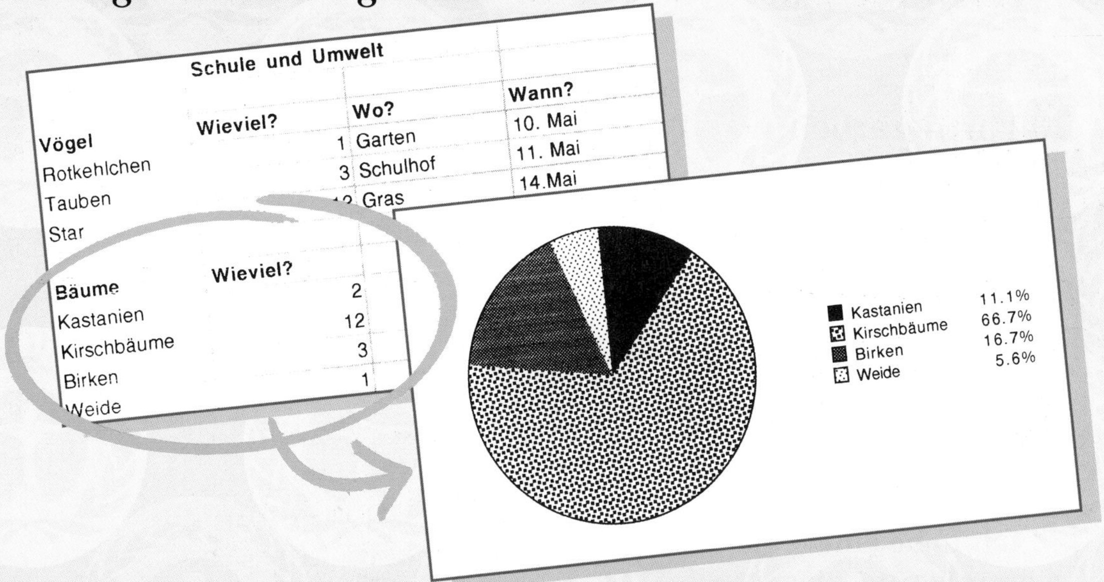

Schule und Umwelt

Vögel	Wieviel?	Wo?	Wann?
Rotkehlchen	1	Garten	10. Mai
Tauben	3	Schulhof	11. Mai
Star	12	Gras	14.Mai

Bäume	Wieviel?
Kastanien	2
Kirschbäume	12
Birken	3
Weide	1

5 Hör gut zu. Zum Üben: Hier ist ein Zungenbrecher!

AH G
AH H

Bist du umweltfreundlich?

1 **Schau mal diese Tonne an. Was für Müll gibt es?**

W
die Bananenschale
die Chipstüte
die Coladose
die Folie
die Getränketüte
die Plastiktüte
das Alu
das Bonbonpapier
das Butterbrot
das Kaugummipapier

AH I
AH J

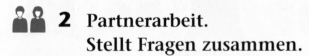

2 **Partnerarbeit. Stellt Fragen zusammen.**

Beispiel:

Was für Müll hast du heute mitgebracht?

Ich habe eine Getränketüte, aber keine Banane mitgebracht.

i Ich habe	einen Kuli keinen Joghurt eine Chipstüte keine Folie ein Bonbonpapier kein Alu	mitgebracht.

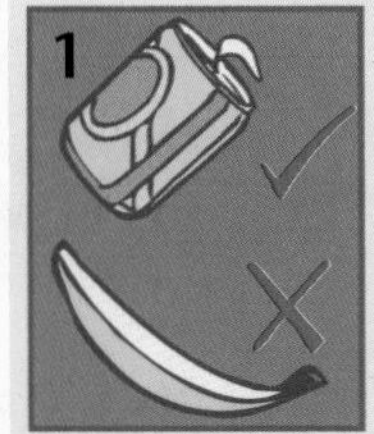

3 Hör gut zu und lies mit.

So ein komisches Land ...

A
Hier spielt man Fußball mit Dosen!
B
Hier klebt man alles mit Kaugummi zusammen!
C
Hier macht man Kompost in Schultaschen!
D
Hier dekoriert man den Schulhof mit Papier!

4 Was für Müll gibt es auf diesem Schulhof? ... und in dieser Tonne?

AH K

5 Gruppenarbeit.

- Was für Müll gibt es heute auf dem Schulhof?
- Was bringen eure Klassenkameraden zur Schule?
- Sammelt Müll, macht eine Ausstellung und beschriftet alles.
- Ist man umweltfreundlich bei euch in der Schule?

i Wieviel	Tüten? Getränketüten? Plastiktüten? Dosen? Bananenschalen?

Eine Schüleraktion

1 Hör gut zu und lies mit.

1 Eine Schüleraktion: Was mac
Was machen wir?
Starten wir eine Sammelaktion
Gute Idee! Wir brauchen viele Sammelstellen.

4
Schau mal! Da sind auch so viele Plastiktüten.
Stimmt. Und wir kaufen zuviel Papier- oder Pappbehälter.

5
Wir brauchen also große Tonnen.
Wo sollten wir sie hinstellen?

8
Wir brauchen aber auch größere Papierkörbe für das Klassenzimmer.
Ja, wir brauchen zwei, einen nur für Papier und einen für andere Sachen.

9
Wir haben etwas vergessen. Wir brauchen einen Komposthaufen!

AH L

2 Hör gut zu.
Wo kommt es hin?

1

2

PAPIER

3

GLAS

AH M
AH N

?

2

Woraus besteht der Müll?

Aus Verpackungen, Alu, alten Dosen, Papier und Plastik.

3

Wir brauchen also Sammelstellen für Alu, für Müll, für Papier.

Und für Glas? Ich kaufe nur Glasflaschen nicht Coladosen.

Dann brauchen wir auch eine Sammelstelle für Altglas.

6

Auf den Schulhof oder an den Schuleingang?

Starten wir eine Ausstellung am Eingang zur Schule.

7

Gute Idee! Die Tonnen kommen am besten auf den Schulhof.

10

Wo denn?

Neben der Kantine.

11

Ja, für die Kartoffel-und Bananenschalen.

12

Jetzt geht's los!

Was machst du für die Umwelt?

1 Zum Basteln.
Macht für die Eingangshalle Friesbilder.

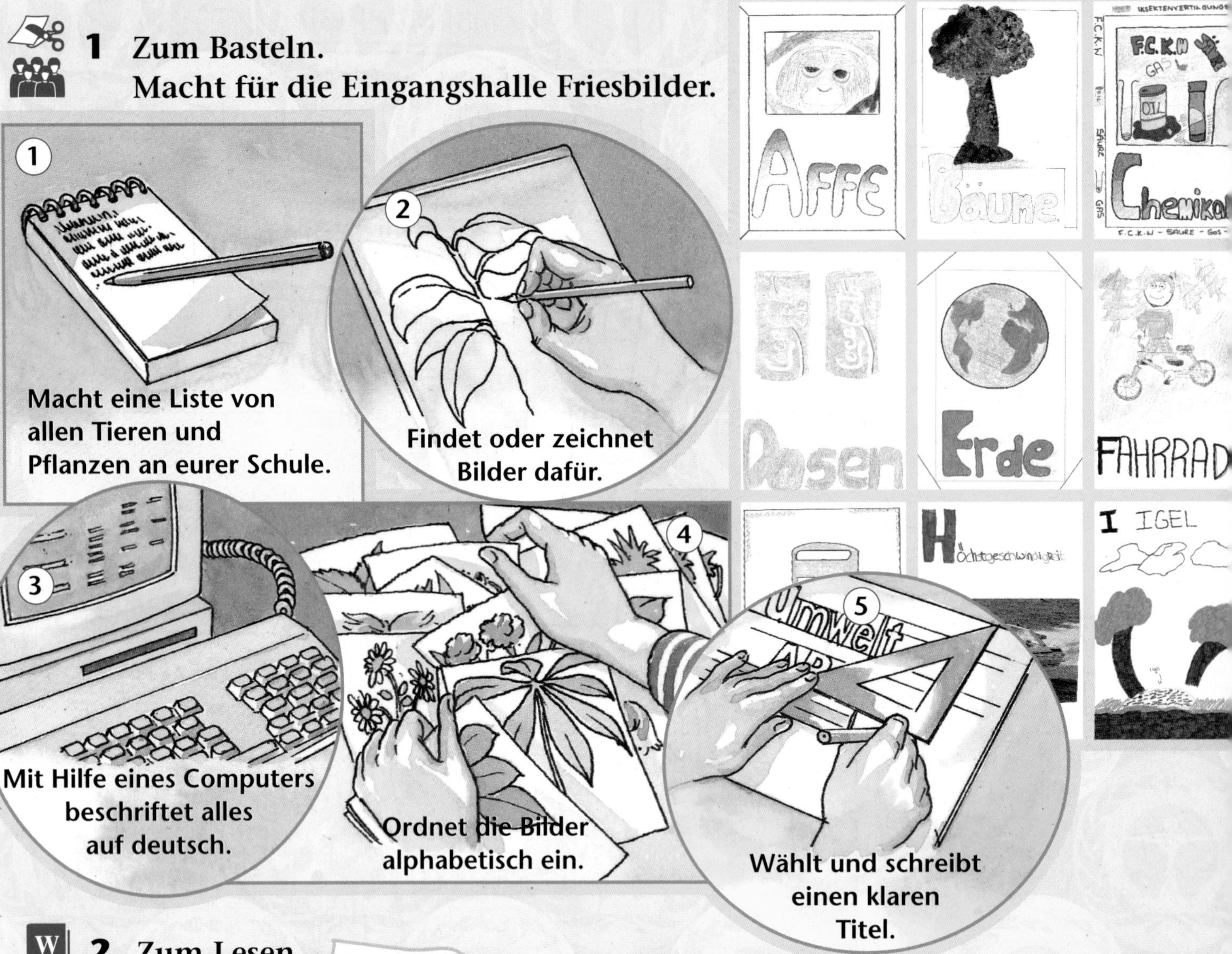

1 Macht eine Liste von allen Tieren und Pflanzen an eurer Schule.

2 Findet oder zeichnet Bilder dafür.

3 Mit Hilfe eines Computers beschriftet alles auf deutsch.

4 Ordnet die Bilder alphabetisch ein.

5 Wählt und schreibt einen klaren Titel.

AFFE

Bäume

Chemikal

Rosen

Erde

FAHRRAD

Höchstgeschwindigkeit

I IGEL

Umwelt

2 Zum Lesen.

MÜLL PROBLEME? WO DENN?

Keep your country tidy.
Haltet die Umwelt sauber.
Håll naturen ren.
Houd stad en land schoon.

Jugend schützt Natur

Umwelt geht alle an. Darum fördert der WWF die Jugend-Naturschutzarbeit mit Rat und Geld.

Schützt die UMWELT

3 Zum Basteln.
Mach einen Aufkleber.

4 Gruppenarbeit.
Macht ein Umweltposter für eine Schüleraktion.

Umwelt geht uns alle an!
Umweltfreundlich oder umweltfeindlich?

Am 21. Mai haben wir folgendes gefunden:

Coladosen	Getränketüten	Chipstüten	Bonbonpapiere	Plastiktüten
6	4	9	7	3

Das Klassenzimmer – sauber oder schmutzig?

Wie sieht es im Klassenzimmer aus?
Ist es sauber oder schmutzig?
Was kann man putzen?

Wie sehen die Schränke aus?
Sind sie ordentlich oder unordentlich?
Was kann man aufräumen?

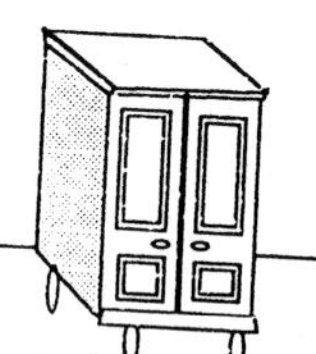

Praktische Ideen:

Neue Körbe im Klassenzimmer!

Papier in den Papierkorb werfen!

Kauf nur Recyclingpapier!

Pflanz einen Baum!

Leg ein kleines Biotop an!

Bau einen Füttertisch für Vögel!

5 Zum Lesen.

Lieber David!
Du fragst mich, was wir in der Schule für die Umwelt tun.
Wir machen gerade eine Aktion. Wir wollen sehen ob
wir weniger Müll mitbringen als im letzten Jahr.
Wir verkaufen jetzt Taschen in der Schule – Stofftaschen.
Sehr viele Schüler bringen Plastiktüten mit. Man sollte
aber eine Stofftasche zum Einkaufen mitnehmen. Die
Stofftaschen haben wir sogar selber gemacht. Ich sende
Dir eine!
Einige Schüler sind in Umweltschutzgruppen, wie zum
Beispiel WWF oder Greenpeace. Sie haben immer gute
Ideen. Eine Gruppe kauft ein Stück Regenwald.
Was macht Ihr denn an Eurer Schule?
Schreib mir bitte bald.
Viele Grüße, Dein Gerhard

AH O
AH P

Kommst du mit?

 **1** **Hör gut zu und lies mit.**

1
Nächste Woche organisiert meine Klasse ein Fest an der Schule.
Toll!
2
Wann ist das Fest?
Am 12. Juli.
3
Kommst du mit?
Ja, gerne. Ich komm mit.

AH A

 **2** **Schau mal die Einladungen an.**
Hör gut zu.
Finde die richtige Einladung.

A

EINLADUNG

zu einer Party
am 28.8. um 20:00 Uhr
bei Anke Huber
Poststraße 21
Anlaß Geburtstag
um Antwort wird gebeten
Markus

B

Bei Karen Schmidt ist
am Samstag (8.5)
um 19:00 Uhr eine Party!
Karen hat Geburtstag!
Kommst Du? Nadia

C

Am Freitag um 20.00 Uhr
ist eine
FETE
bei
mir.

Wenn Du Lust auf gute Musik hast,
dann komm doch vorbei.
Ich würde mich freuen, wenn Du einen Freund
von Dir mitbringen würdest.

Für Getränke, Knabbersachen
und
gute MUSIK
ist gesorgt.

Adresse:
Marc Giavarra
Am Booshof 37

AH B
AH C

3 Hör gut zu und lies mit.

◀ **Hast du Lust, auf eine Party zu gehen?**

Ja, gerne. Wann? ▶

◀ **Am 12. August um 7 Uhr.**

Thomas Müller hat Geburtstag.

Und wo? ▶

◀ **Bei Familie Müller. Bahnhofstraße 9d.**

Toll. Ich komme gern mit. ▶

4 Partnerarbeit.
Macht andere Dialoge am Telefon.

W
die Antwort
die Einladung
die Fete
die Party
das Fest

D

Familie Lautmann
Bäckerstraße 12
Am 23. Februar hat unsere liebe Kirsten Geburtstag!
Wir feiern um 19:30 Uhr bei uns zu Hause.
Du bist herzlich eingeladen!
Antwort erbeten

E

```
GEBURTSTAGSFEIER
bei     Martin Schröder
        Waldstraße 2d
am      4. September um 20:00 Uhr.
U.A.w.g.
```

F

Hallo Leute!
Die Fete steigt
Wann? 20. März
Wo? Bei Sandra
Wie spät? 18^{00} – 22^{30} Uhr
Was gibt's? Gute Musik
Lustige Spiele
Alles vom Grill
Knabberzeug
Mitzubringen ist „Gute Laune"
Adresse: Sandra van den Berg
Schumannstraße 12
Ich würde mich freuen, wenn Du kommst!
Sandra van den Berg

Was bringst du mit?

1 **Hör gut zu und lies mit.**

AH D

2 **Zum Lesen.**
Hier ist Marias Liste für das Schulfest.

Einladungen
Luftballons
Posters
CDs, CD Spieler
Kassetten, Kassettenrecorder
Chips
Cocktail-Würstchen
Salzstangen
Kartoffelsalat
Häppchen
Bowle
Cola
Mineralwasser
Orangensaft
Apfelsaft
Luftschlangen

W
der Luftballon
die Bowle
die Luftschlange
die Salzstange
das Häppchen

AH E

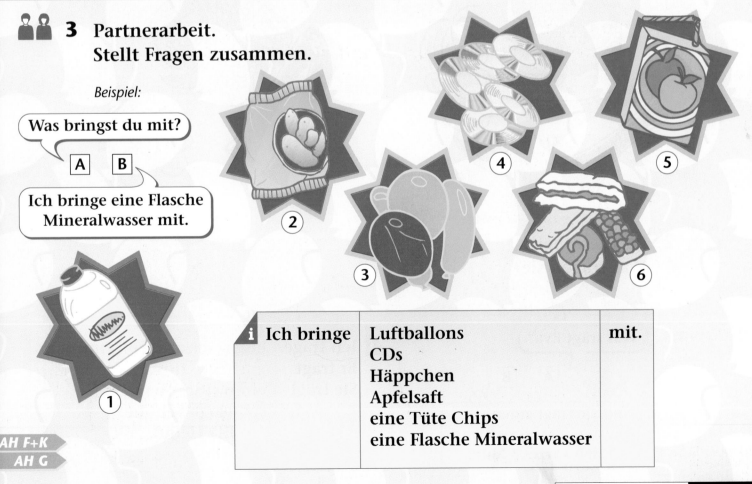

3 Partnerarbeit. Stellt Fragen zusammen.

Beispiel:

A: Was bringst du mit?

B: Ich bringe eine Flasche Mineralwasser mit.

i Ich bringe	Luftballons CDs Häppchen Apfelsaft eine Tüte Chips eine Flasche Mineralwasser	mit.

AH F+K
AH G

Was trägst du auf Partys?

1 Hör gut zu. Wer spricht?

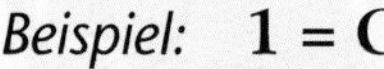
Beispiel: 1 = C

2 Partnerarbeit. Was tragen sie?

Beispiel:

Was trägt Eva?

A B

Sie trägt einen schwarzen Minirock und ein schwarzes T-Shirt.

i	
Ich trage Er trägt Sie trägt	einen schwarzen Minirock. eine rote Hose. ein weißes Hemd. **schwarze** Schuhe. ein lila Hemd. eine **lila** Hose.

AH H

3 Zum Lesen. Wer ist denn das?

AH I

A Sie trägt eine rosa Bluse, Jeans-Shorts und eine bunte Strumpfhose.

B Er trägt eine Jeans, ein weißes Hemd und eine Hippie-Weste.

C Sie trägt eine schwarze Hose, ein silberlila T-Shirt und eine lila-blaue Ballonmütze.

D Sie trägt einen rosaroten Rippenstrick-Pulli, einen Peace-Zeichen-Anhänger und eine schwarze Hose.

E Er trägt eine schwarze Hose, ein weißes Hemd, einen Anhänger und eine schwarz-graue Jacke.

F Sie trägt eine schwarze Hose, einen schwarzen Gürtel und eine rosa-gelbe Bluse.

4 Gruppenarbeit. Was tragen deine Klassenkameraden auf Partys? Mach eine Umfrage.

AH J

Kleidung		Farben	
Jeans	✓✓✓	rot	✓
Jeans-Shorts		blau	✓
Bluse		gelb	
Hemd	✓	weiß	✓
Hose		lila	

W
der Anhänger
der Gürtel
die Bluse
die Mütze
die Strumpfhose
die Weste

Wie komme ich am besten ...?

 **1** Hör gut zu und lies mit.

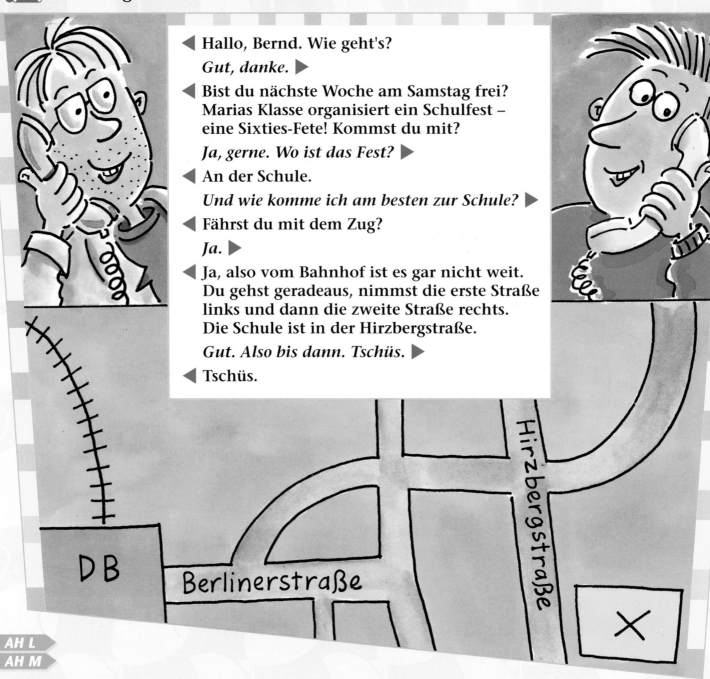

◀ Hallo, Bernd. Wie geht's?

Gut, danke. ▶

◀ Bist du nächste Woche am Samstag frei? Marias Klasse organisiert ein Schulfest – eine Sixties-Fete! Kommst du mit?

Ja, gerne. Wo ist das Fest? ▶

◀ An der Schule.

Und wie komme ich am besten zur Schule? ▶

◀ Fährst du mit dem Zug?

Ja. ▶

◀ Ja, also vom Bahnhof ist es gar nicht weit. Du gehst geradeaus, nimmst die erste Straße links und dann die zweite Straße rechts. Die Schule ist in der Hirzbergstraße.

Gut. Also bis dann. Tschüs. ▶

◀ Tschüs.

DB

Berlinerstraße

Hirzbergstraße

AH L
AH M

i Wie komme ich	zum Bahnhof? zur Schule? zum Kino?	Du nimmst Sie nehmen	die	erste zweite dritte	Straße	links. rechts.
		Du gehst Sie gehen	geradeaus.			

2 Wer geht auf welche Party? Was paßt zusammen?

Beispiel: 3 = D

1 2 3 4 5

A
Einladung zu einer schwarz-weiß Party!
Disco Polka
Montag, den 3. April, ab 20 Uhr.

B
Wir machen eine Grillparty!
Im Stadtpark am 5.4 ab 15 Uhr.
Bitte etwas zum Grillen mitbringen.

C
Michael hat Geburtstag!
Du bist zum Geburtstagsessen herzlich eingeladen.
Schwarzwald Restaurant
am 5.6 um 19 Uhr.

D
Sixties-Fete!
Wilhelm Gottfried Schule
am 14. Juli ab 19 Uhr.

E
Krawattenparty
Jugendklub am 5. Juni um 20 Uhr.
Kommst Du mit???
Vergiß aber nicht Deine bunteste Krawatte!

3 Partnerarbeit. Macht Dialoge. Wie kommt jeder am besten zur richtigen Party?

Beispiel:

AH N

Wie war das Schulfest?

1 Hör gut zu.
Wie war das Schulfest?

Fantastisch!	Toll!	OK!	Langweilig!	Furchtbar!

2 Hör gut zu.
Was haben sie alles gemacht?
Finde das richtige Bild.

AH O
AH P

Was	hast du	gegessen?	Ich habe	Chips gegessen.
		getrunken?		Mineralwasser getrunken.
Wen		gesehen?		Eva gesehen.
		kennengelernt?		Bernd kennengelernt.
Mit wem		getanzt?		mit Michael getanzt.
Welche Kassetten		gehört?		die Beatles gehört.

W **3 Zum Lesen.**

SIXTIES-FETE

Mineralwasser-Drinks, süß und pikant

All Rezeptangaben sind jeweils für 2 Gläser.

Apfel-Mix:
200 ml Apfelsaft mit 100 ml Holundersaft mischen, mit Mineralwasser auffüllen.

Ananas-Mix:
1/8 1 Ananassaft, 1/8 1 Mango-Fruchttrunk und Saft von 1/2 Zitrone mischen, mit Mineralwasser auffüllen.

Himbeer-Shake:
4EL* Naturjoghurt mit 200g Himbeeren, 1 EL Puderzucker und 1TL* Zitronensaft pürieren. Mit Mineralwasser auffüllen.

Mango-Shake:
4 EL Naturjoghurt mit 150ml Mango-Fruchttrunk, 1 TL Zitronensaft and Minzeblättchen pürieren. Mit Mineralwasser auffüllen.

Radieschen-Shake:
1/2 Bund Radieschen vierteln, mit 6 EL Dickmilch und 1 EL Schnittlauchröllchen pürieren. Mit Salz und Pfeffer würzen, mit Mineralwasser auffüllen.

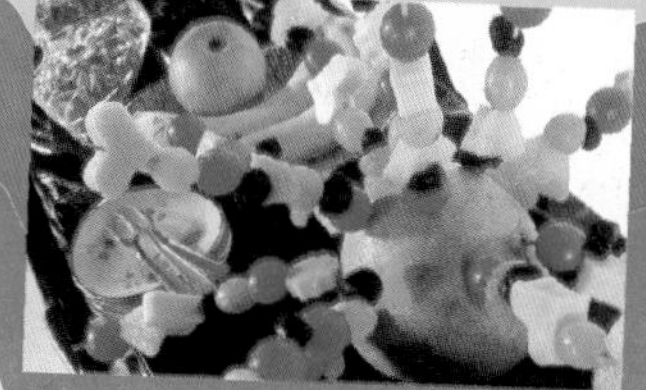

Leckere Häppchen!

Das Party-Essen beschränkte sich in den Swinging Sixties auf ein kaltes Büffet:

Garnierte Kräcker und Herzhäppchen (mit Förmchen Herzen aus Toastbrot stechen) mit Avocado-Creme.
Ganz besonders typisch **der Käse-Igel.** Auf Spieße Käsewürfel, Ananasstücke, Oliven, Weintrauben, Cocktail-Tomaten stecken und auf eine Pampelmuse spießen.

Kasseler Braten mit Mayo-Tupfen and Radieschen-Rosetten hatte Hochkonjunktur, ebenso wie **Fliegenpilze** (mit Fleischsalat gefüllte Tomaten mit Mayonnaise betupft).
Guten Appetit!

Rock-Rhythmen!

Zum 60er-Happening gehören natürlich Sixties-Songs. Wer keine besitzt, kann Musik-Cassetten in vielen Video-Läden (um DM 1 pro Tag) ausleihen. Die Beatles natürlich vorn an, ebenso Rolling Stones, Gary Glitter,
B 52's, Sam Cooke, Jimmy Radcliff, Elvis Presley und Percy Sledge. Sein Titel „When a Man loves a Woman“ ist die ideale Schmuse-Nummer für Frischverliebte.

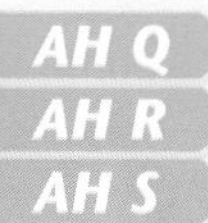

*EL = Eßlöffel
*TL = Teelöffel

Was machst du abends?

1 Hör gut zu und lies mit.

Um 10 Uhr gehe ich ins Bett.

Ich wasche mich und putze mir die Zähne.

Dann mache ich meine Hausaufgaben.

2 Wie ist die richtige Reihenfolge für diese Fotos?

A B C D E F G

Welcher Satz paßt zu welchem Foto?

1 Ich lese ein Buch.

2 Ich putze mir die Zähne.

3 Ich mache noch Hausaufgaben.

4 Ich höre Musik.

5 Ich wasche mich.

6 Ich gehe ins Bett.

7 Ich sehe noch ein bißchen fern.

AH A

3 Partnerarbeit.
Stellt Fragen zusammen:
Was machst du abends?

Dann sortiere ich meine Sachen.

Danach lese ich ein Buch oder Comics.

Danach höre ich Musik.

Dann ist es sieben Uhr. Ich stehe auf – schon wieder Morgen, und ich bin so müde!

4 Zum Lesen. Was machen sie abends?

Um 10 Uhr gehe ich ins Bett.
Ich putze mir die Zähne,
und danach sortiere ich meine Kleider.
Bevor ich einschlafe, höre ich Radio.

Zuerst mache ich meine Hausaufgaben,
und dann sehe ich fern.
Um 10 Uhr gehe ich ins Bett.
Ich wasche mich,
und dann packe ich meine Schultasche.
Bevor ich einschlafe, lese ich ein Buch.

i	
Um 10 Uhr	gehe ich ins Bett.
Zuerst	wasche ich mich.
Dann	lese ich ein Buch.
Danach	sortiere ich meine Kleider.
Bevor ich einschlafe,	höre ich Radio.

AH B
AH C

5 Hör gut zu und lies mit. Hier ist ein Gedicht.

W

Alle Tiere schlafen,
der Hase im Klee,
der Fisch im See,
im Loch dort die Maus,
die Katze im Haus,
im Stall all die Pferde,
der Maulwurf in der Erde,
unterm Blatt der Wurm,
die Taube im Turm,
auf der Wiese die Kuh,
alle machen die Augen zu,
auch das Huhn auf dem Brett,
und mein Kind - wupp - ins Bett!

A B C D E F G H I J K

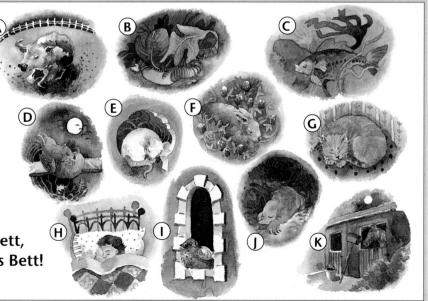

Hast du Alpträume?

1 Hör gut zu.
Welcher Alptraum ist das?

2 Hast du Alpträume?
Wovor hast du Angst?

Ich habe Sie hat Er hat	Angst vor	dem Zahnarzt. Schlangen. Wespen. Ratten. dem Schwimmen. dem Fliegen.

AH D
AH E
AH F

3 Hör gut zu. Zum Üben:
Hier ist ein Zungenbrecher!
Hast du Angst vor Schlangen?

Es saßen zwei zischende Schlangen zwischen zwei spitzen Steinen und zischten

4 Hör gut zu und lies mit.

Ein schrecklicher Tag...
Heute war es schrecklich in der Schule...
Ich habe meinen Rechner zerbrochen...
Ich habe meinen Fußball verloren...
Ich habe meine Hausaufgaben vergessen...
Und dann habe ich den Bus verpaßt.
Was für ein Tag!

5 Partnerarbeit. Stellt Fragen zusammen.

Beispiel:

A: Und wie war dein Tag?

B: Schlecht! Ich habe meinen Rechner zerbrochen.

i Ich habe	meinen Rechner meine Hausaufgaben mein Buch	zerbrochen. verloren. vergessen.
Ich habe den Bus verpaßt.		

AH G

6 Zum Lesen.

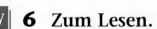

Arzt
Löwe
Python
Turnschuhe
Ratten
April
Uniform
Montag
Montag 29

Träume ... Alpträume!

Hallo, Deutsch!
Auf Wiedersehen, Mathe!

Hallo, Ferien!
Auf Wiedersehen, Schule!

Hallo, Sonne!
Auf Wiedersehen, Regen!

Hallo, Sommer!
Auf Wiedersehen, Winter!

AH H

Wer ist dein Traumtyp?

1 Hör gut zu und lies mit.

A
Martin ist so schön. Er hat lange, blonde Haare, und er hat blaue Augen. Er trägt eine Brille. Er ist relativ klein, aber auch schlank.
B
Anke ist traumhaft. Sie hat kurze dunkelbraune Haare und grüne Augen. Sie ist sehr sportlich.
C
Helmut ist zwar nicht schön. Er ist ziemlich klein und hat lange Haare, aber ich liebe ihn sehr.

AH I

2 Partnerarbeit.
Ratet mal. Wer ist das?

Beispiel:

3 **Zum Lesen.**
Finde die Austauschpartner!

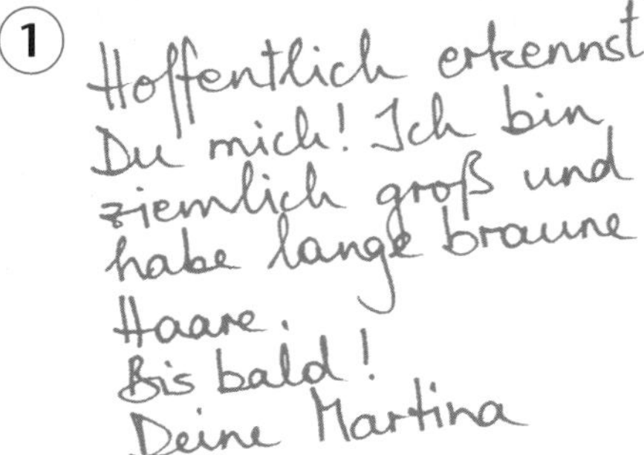

1 Hoffentlich erkennst Du mich! Ich bin ziemlich groß und habe lange braune Haare.
Bis bald!
Deine Martina

2 Ich trage eine Brille und habe lange blonde, lockige Haare. Ich bin relativ klein. Ich freue mich auf unseren Besuch in Großbritannien.
Tschüs!
Dein David

3 Ich bin ziemlich groß, und ich habe kurze braune Haare, und manchmal trage ich eine Brille. Hoffentlich wirst Du mich erkennen!
Mit vielen Grüßen,
Dein Frank

4 Wie ich aussehe? Ich bin ziemlich groß und habe kurze dunkelbraune Haare, und ich trage eine Brille.
Alles Gute,
Deine Bettina

4 **Beschreib deinen besten Freund oder deine beste Freundin!**

AH J

i Ich habe Er hat Sie hat	blaue kurze lange glatte	Augen. Haare.	Ich trage Er trägt Sie trägt	einen Vollbart. eine Brille. einen Schnurrbart.	Ich bin Er ist Sie ist	schlank. groß. klein. sportlich.

Was möchtest du machen?

1 Hör gut zu.
Hier sind die Zahlen für das Lotto.
Welche Karte gewinnt?

AH K

34 21 99
56 3 45
A 22 8 5
74 40 99
51 3 16
98 8 78
B

2 Hör gut zu. Wir gratulieren!
Anna hat den großen Preis gewonnen!

a b c d e

Du hast den großen Preis gewonnen. Was möchtest du mit deinem Preis machen?

Ich möchte...

AH L

3 Du hast den großen Preis gewonnen!
Was möchtest du machen?

i Ich möchte	um die Welt reisen. ein Fahrrad kaufen. anderen Menschen helfen. ein Schwimmbad haben. nicht mehr arbeiten.

4 Zum Lesen.

Gewinnen Sie 1 von 11 Traumreisen
in die Modewelt
nach Miami!

Mitspielen – mitfliegen!

11 Traumreisen zu gewinnen!

Eine tolle Traumreise wartet auf Sie! Sie fliegen mit Ihrer ganzen Familie – bis zu 4 Personen – First Class hin- und zurück und wohnen 14 Tage in einem komfortablen Luxus-Hotel. Während Ihres Aufenthaltes steht Ihnen eine Limousine mit Chauffeur zur Verfügung.

1.-11. Preis

Je eine Traumreise nach Miami für 4 Personen oder 40.000,-DM in bar.

12.-99. Preis

Je eine Kleinbildkamera im Wert von 555,- DM.

Einsendeschluß ist der 31. Dezember

Liebe Maria!
Hier in Miami ist es wunderschön. Der Flug war fantastisch, und wir wohnen in einem Luxushotel direkt in der Stadtmitte. Außerdem haben wir eine Limousine mit Chauffeur! Wir sind auch schon schwimmen gegangen und haben alle Sehenswürdigkeiten gesehen. Das Wetter ist toll – jeden Tag sonnig und heiß. Bis bald.
Deine Anke

An
Maria Schmidt
Am Schloßpark 396
65203 Wiesbaden
Germany

FLORIDA 87 07022011
90N
AH M

... Wenn Sie schnell antworten, steht der Calibra vielleicht bald vor Ihrer Haustür...

GEWINN-CO... ...heute einsenden!

Die Prinzessin auf der Erbse

1 Hier ist ein Märchen.
Hör gut zu und lies mit.

2
kann keine Königin finden...
h bin
klein
und
ßlich...
... und sie ist
keine
Prinzessin...
3
... und sie ist
zu jung...
... und sie ist
zu alt...
... und sie ist
zu häßlich...

Oh König!
Bitte helfen Sie mir.
Es tut mir leid,
daß ich so spät komme.
Ich kann meine Eltern
nicht finden. Haben
Sie ein Bett
frei für
die Nacht?
6

Eine Prinzessin!
Setzen Sie sich!
Darf ich Ihnen den
Mantel abnehmen?
Oh, danke.
Das ist sehr
nett von
Ihnen.
7

Am nächsten Morgen...
Haben Sie
gut geschlafen?
Überhaupt
nicht.
Das Bett ist
sehr unbequem.
10

Eine Prinzessin!
Eine Prinzessin!
Heiraten
wir?
Ja,
natürlich!
So waren sie glücklich
bis in alle
Zeiten!
11

AH N
AH O

Sankt Martin

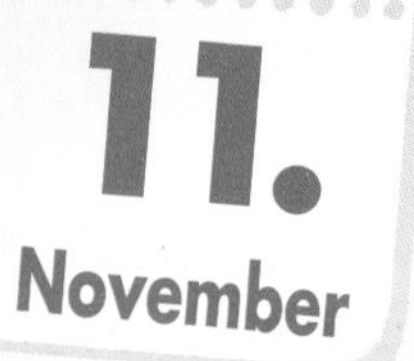
11.
November

Der Martinstag. Man feiert den Martinstag am 11.11. Das heißt am 11. November.

1 Hör gut zu und lies mit.

Am 11. November am frühen Abend versammeln sich die kleinen Kinder draußen in der Stadt. Sie tragen alle eine Laterne mit einer brennenden Kerze darin.

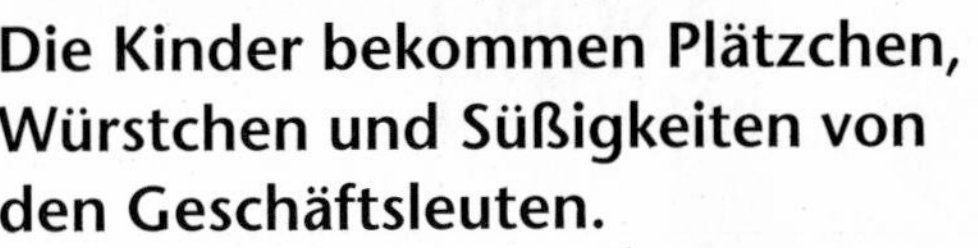

Die Kinder bekommen Plätzchen, Würstchen und Süßigkeiten von den Geschäftsleuten.

Dann kommt der Martin auf seinem Pferd. Er trägt einen roten Mantel. Er reitet durch die Straßen und die Kinder folgen.

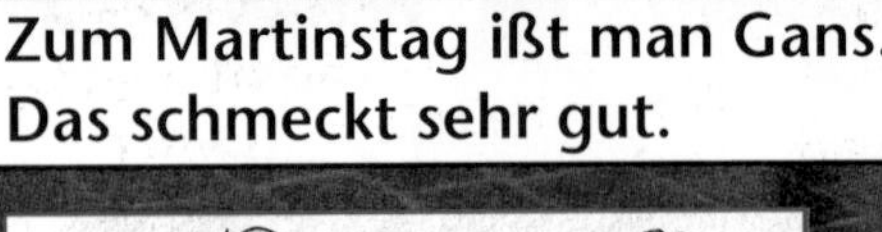

Zum Martinstag ißt man Gans. Das schmeckt sehr gut.

Die Kinder singen dieses Lied:

Laternen
♩ = 100
La - ter - ne, La - ter - ne, Son-ne, Mond und Ster - ne
bren-ne auf, mein Licht, bren - ne auf, mein Licht
a - ber nur mei - ne lie - be La - ter - ne nicht

2 Zum Lesen.
Welcher Text paßt zu welchem Bild?

A Am Eingang zur Stadt findet Martin einen Menschen, der in der Kälte friert. Der Mann trägt nur Lumpen.

B Ein junger Reitersknecht mit Namen Martin reitet im Winter bei Wind und Schnee vom Land in die Stadt zurück.

C Der arme Mann kommt zum Reiter und fleht ihn um Almosen an. Martin hat kein Geld bei sich, sein Geldbeutel ist leer.

D In der Nacht, hat Martin einen Traum. Er sieht Jesus Christus mit dem halben Mantel.

E Martin sieht aber, wie kalt es dem Bettler ist. Er zieht das Schwert aus der Scheide und schlitzt seinen Mantel mittendurch. Er reicht die eine Hälfte dem armen Mann hin. Er reitet in die Stadt.

3 Hör jetzt gut zu und lies mit.

4 Hör gut zu.
Hier ist das Lied von der Legende.
Sing mit!

Sankt Martin, Sankt Martin,
Sankt Martin ritt durch Schnee und Wind,
sein Roß*, das trug ihn fort geschwind*.
Sankt Martin ritt mit leichtem Mut,
sein Mantel deckt ihn warm und gut.

Im Schnee saß, im Schnee saß,
Im Schnee da saß ein armer Mann,
hatt' Kleider nicht, hatt' Lumpen an.
"O helft mir doch in meiner Not,
sonst ist der bitt're Frost mein Tod!"

Sankt Martin, Sankt Martin,
Sankt Martin zieht die Zügel an,
das Roß* steht still beim armen Mann.
Sankt Martin mit dem Schwerte teilt
den warmen Mantel unverweilt*.

Sankt Martin, Sankt Martin,
Sankt Martin gibt den halben still,
der Bettler rasch* ihm danken will.
Sankt Martin aber ritt in Eil*
hinweg mit seinem Mantelteil.

*sein Roß = sein Pferd
unverweilt = gleich, direkt

geschwind / rasch / in Eil } = schnell

Weihnachten

1 Hör gut zu und lies mit.

Heiliger
Sankt Nikolaus
wir stelln dir
unsre Schuh hinaus.
Leg uns doch
was Schönes ein,
wir wolln recht lieb
und fleißig sein.

2 Zum Lesen.

6. Dezember Nikolaustag

Von 13.00 bis 17.00 Uhr
im KÖNIGSAAL

DIE GROSSE

KINDER
NIKOLAUS
PARTY

Einlaß 13.00 Uhr
Weihnachtslieder zur Begrüßung
Schokoladen-/Kaffeetafel mit Leckereien

14.30 Uhr
Der Nikolaus ist da und beschenkt
unsere kleinen Gäste

16.00 bis 17.00 Uhr
Tanzen, Spielen, Malen, Basteln
und Filmvorführung
in unserer „KINDERSPIELSTUBE"

3 Hier ist eine Weihnachtskarte. Mal eine Karte für deine Familie.

Frohe Weihnachten
und viel Glück im neuen Jahr

4 Hör gut zu und lies mit.

Endlich ist der Tag gekommen!
Mutter hat sich Zeit genommen,
mit mir auf den Markt zu gehn.

Zinnsoldaten, Schaukelpferde,
Bäumchen, Püppchen, Hirt und Herde,
ach, ich könnt vor Glück vergehn.

Kurt Arnold Findeisen

W 5 Zum Lesen.

31. Dezember Silvester
ab 19.00 Uhr bis in den frühen Morgen
im WINTERSAAL
Großer Silvester Ball
Tanz und Unterhaltung in einer stimmungsvollen Ballnacht
Eintritt DM 130,- pro Person
incl. Welcome-Drink und ein Präsent vom Haus
RIESEN
SILVESTER-BUFFETS
KALT UND WARM UND SÜSS
„live“ vor Ihren Augen zubereitet – und danach:
deftiges Nach-Mitternachts-Buffet
bis zum frühen Morgen
- ABENDGARDEROBE ERWÜNSCHT -

6 Hör gut zu und lies mit.

Ein Jahr will beginnen.
Im Glockenturm drinnen
erschrecken die Tauben
vom Bimm und vom Bumm.
Seid nicht wie die Tauben!
Ihr müßt an euch glauben,
stapft fröhlich ins Neujahr
und dreht euch nicht um!

James Krüss

W 7 Zum Lesen.

WEIHNACHTSMÄRKTE IN BERLIN

WEIHNACHTSDUFT LIEGT IN DER LUFT

Der Weihnachtsmarkt in der Berliner City ist alle Jahre wieder die Attraktion in der Adventszeit. Darauf freut sich ganz Berlin fast ebenso, wie auf den Weihnachtsmann. Über 150 bunte Buden, zigtausende von Lichtern und der ganz besondere Duft von Keksen, Kerzen und Kandiertem begleiten beim Vorweihnachts-Bummel rund um die Gedächtniskirche.

Auch in den Berliner Bezirken erstrahlen die Weihnachtsmärkte in festlichem Glanz: zum Beispiel in der Spandauer Altstadt mit ihren kleinen sympathischen Gassen und Plätzen. Da wird die Vorfreude auf Weihnachten zur schönsten Freude.

WAS? WO? WANN? WIEVIEL?

„Weihnachstmarkt in der City“
1.12. bis 26.12.
Täglich von 11.00 bis 21.00 Uhr.

„Weihnachstmarkt in der Spandauer Altstadt“
2.12. bis 23.12.
Samstags und sonntags.
Jeweils von 10.00 bis 19.00 Uhr.

„Alt-Rixdorfer Weihnachtsmarkt“
auf dem Richardplatz, Neukölln
8.12. 17.00 bis 21.00 Uhr.
9.12. und 10.12. 14.00 bis 20.00 Uhr.

Karneval

W **1** Zum Lesen.

Vierzig Tage vor Ostern, feiert man Karneval. In Mainz und Köln heißt diese Zeit **Karneval**. In Süddeutschland und in der Schweiz aber heißt sie **Fastnacht**, und in München und in Österreich heißt sie **Fasching**.

In den großen Städten gibt es große Umzüge durch die Straßen. Der größte **Umzug** ist am **Rosenmontag**, zwei Tage vor **Aschermittwoch**. Leute tragen schöne, farbige **Kostüme** und **Masken** und gehen durch die Stadt. Die Musikanten spielen Trommeln und Pfeifen.

Es ist auch eine Zeit für **Partys und Bälle**. Im Kaufhaus gibt es eine Faschingsabteilung, wo man Masken und Kostüme kaufen kann. Leute gehen auf Partys als Piraten, Cowboys, Drakula, Nonnen, Politiker und Filmstars.

Am Aschermittwoch ist aber alles vorbei. Dann beginnt die **Fastenzeit** vor Ostern.

Der Umzug in Basel in der Schweiz beginnt schon um vier Uhr morgens!

KINDER-
FASCHING
IN DER
TV-HALLE

Dienstag, 23. Februar
Beginn: 14.30 Uhr

Spiel und Spaß
für die Kleinen

Kostümprämierung

Kinderprogramm
mit dem
Zirkus Bonanza

Unkostenbeitrag:
DM 1,–

Veranstalter:
TV Stetten und Ortsjugendring Stetten

Roth

KÖSTLICH KERNIGES FÜR GEN

Fastnachtsküchle

mit und ohne
Zuckerbelag

1 Stück **0.95**
6 Stück **5.00**

glasiert und gefüllt
mit einer leichten
Quark-
sahnecreme je **1.50**

Berliner

Himbeer-, Johannis-
beer-, Pflaumenmus
Waldfrucht, Erdbeer-
konfitüre
und Ananas

je **1.45**
4 Stück **5.50**

»Beschwipste« Berliner
gefüllt mit
Eierlikörcreme je **1.75**

KONDITOREI CAFE ROTH · 7053 Kernen · Karlstr. 3

2 Zum Basteln. Mach eine Karnevalsmaske!

Einige Tropfen Farbe auf ein Blatt Papier fallen lassen.

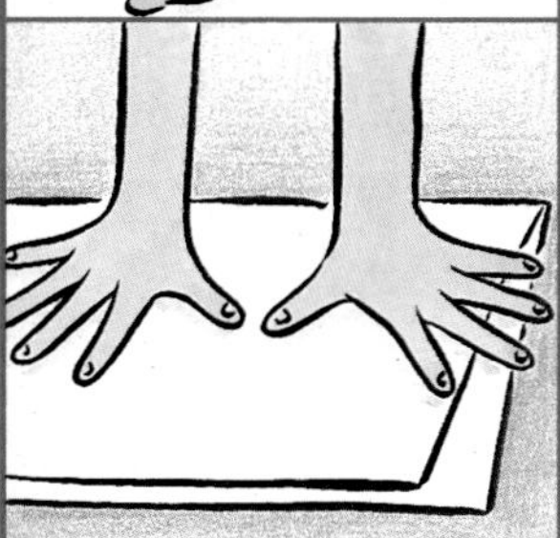

Blatt falten und gut anpressen, so daß sich die Farbe schön ausbreitet.

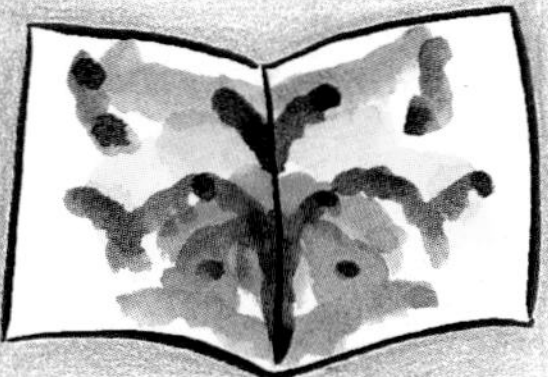

Beim Entfalten findest du schöne Kleckse.

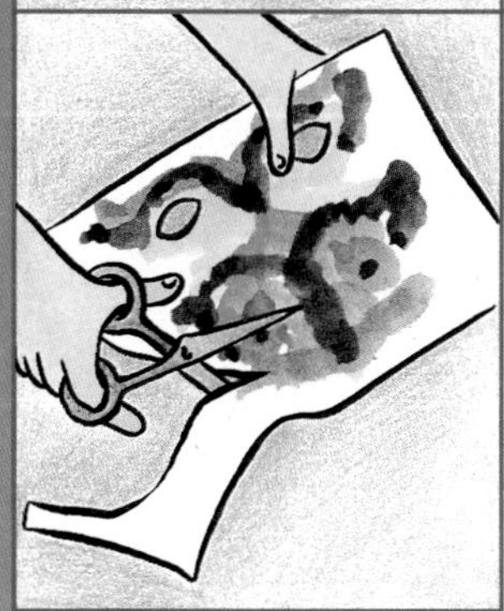

Mach daraus eine komische oder gruselige Maske. Schneide zuerst die Maske aus, danach die Löcher für die Augen.

Zum Befestigen nimmst du am besten ein Gummiband, das du links und rechts in Ohrhöhe verknotest.

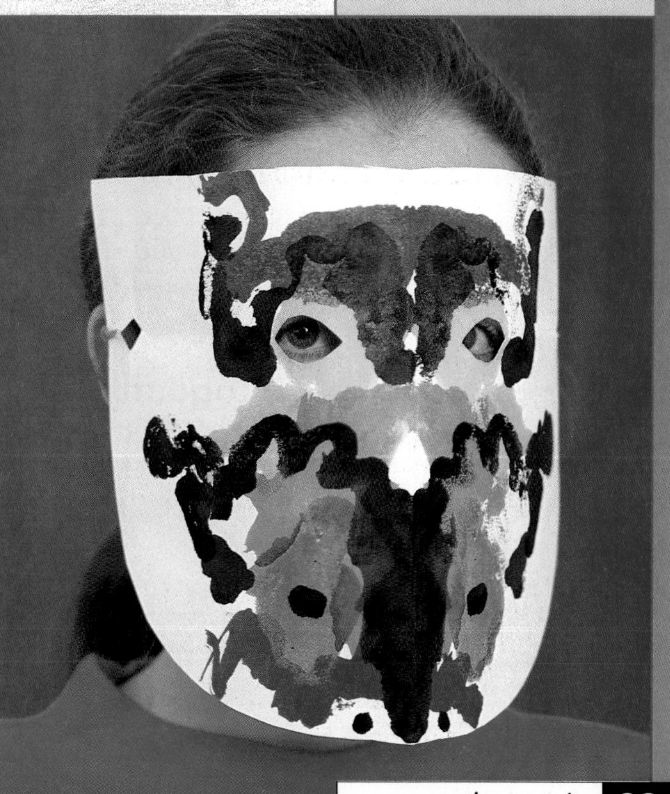

This is a guide to the main areas of grammar in **Projekt Deutsch 2**, showing you how the German language works.

1 Nouns

i) A noun names a person, animal, place or thing:

der Frosch	*the frog*	**das Schlafzimmer**	*the bedroom*
die Schülerin	*the school girl*	**das Fahrrad**	*the bicycle*

Every noun in German belongs to one of three groups – masculine (m), feminine (f) or neuter (n). The words for *the* and *a* depend on whether a word is masculine, feminine or neuter:

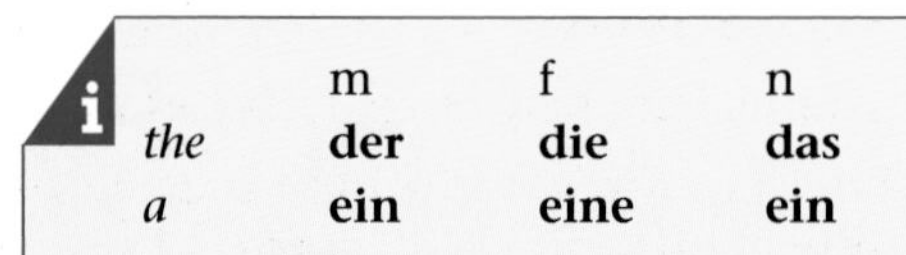

	m	f	n
the	**der**	**die**	**das**
a	**ein**	**eine**	**ein**

ii) All nouns in German always start with a capital letter.

Look at the letters on page 17. How many nouns can you find?

iii) Nouns can be singular (s) or plural (pl). Singular means one of something. Plural means more than one. In German there are different ways of making plurals, depending on the noun. Try to learn the plural as you use it. Here are some examples:

singular	plural	
der Baum	**die Bäume**	*trees*
der Apfel	**die Äpfel**	*apples*
die Dose	**die Dosen**	*cans*
die Schülerin	**die Schülerinnen**	*schoolgirls*
das Ei	**die Eier**	*eggs*
das Buch	**die Bücher**	*books*

Can you remember what happens to words for *the* when the noun is plural?

Der, **die** and **das** all change to **die** in the plural. Plurals are written in dictionaries and word lists in code. If a word does not change in the plural it looks like this:

das Brötchen (-)	**die Brötchen**	*rolls*
der Kuchen (-)	**die Kuchen**	*cakes*

Whenever you see an Umlaut (¨) indicated in the plural, learn where it goes:

das Haus (¨-er)	**die Häuser**	*houses*
der Bahnhof (¨-e)	**die Bahnhöfe**	*stations*

Look at the word lists at the back of this book. Can you work out some more plurals?

2 Pronouns

Pronouns are short words used instead of a noun. Here are the German pronouns used for people and things:

ich (with a small i in German)	*I*
du	*you*
er/sie/es	*he/she/it*
wir	*we*
ihr	*you*
sie	*they*
Sie (with a capital S in German)	*you*

Note that **du**, **ihr**, and **Sie** all mean *you*. You use **du** when you talk to one friend, an animal, or an adult in your own family. **Ihr** is used in the same situation to talk to more than one friend, animal, or member of your family. **Sie**, always with a capital **S**, is used when you talk to adults outside your own family.

Note that **er** can mean *he* or *it*, **sie** can mean *she* or *it*, or *they*, and **es** can mean *it*.

You use the masculine pronoun **er** to replace a masculine noun:

Hier ist der Bahnhof. Er ist groß. *Here is the station. It is big.*
Wie gefällt dir der Pulli? – Er ist toll! *How do you like the sweater? – It's great!*

You use the feminine pronoun **sie** to replace a feminine noun:

Hier ist die Post. Sie ist klein. *Here is the post office. It is small.*
Wie gefällt dir die Jacke? – Sie ist schön! *How do you like the jacket? – It's lovely!*

You use the neuter pronoun **es** to replace a neuter noun:

Hier ist das Schwimmbad. Es ist modern. *Here is the swimming pool. It is modern.*
Wie gefällt dir das Hemd? – Es ist super! *How do you like the shirt? – It's super!*

You use the plural pronoun **sie** for plural nouns:

Wie gefallen dir die Socken? – Sie sind OK. *How do you like the socks? – They are OK.*

3 My, your, his, her, their

Mein, **dein**, **sein**, and **ihr** are used with the noun to show who it belongs to. Notice how the ending changes, depending on whether the noun is masculine, feminine or neuter:

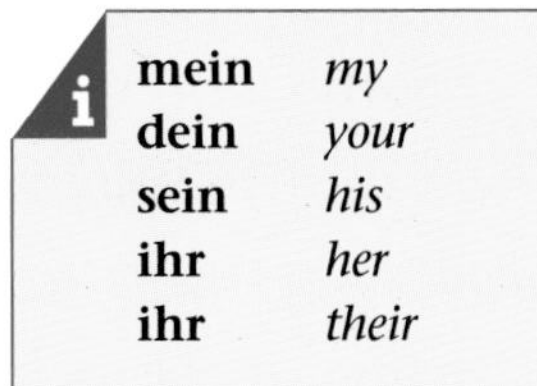

mein	*my*
dein	*your*
sein	*his*
ihr	*her*
ihr	*their*

Mein Bruder ist 6 und meine Schwester ist 9.
My brother is 6 and my sister is 9.
Hier sind deine Hose und dein Hemd.
Here are your trousers and your shirt.
Das ist sein Buch und das ist ihr Buch.
That is his book and that is her book.
Das ist ihr Haus. Sie wohnen auf dem Land.
That is their house. They live in the country.

At the end of a letter a boy writes **Dein James** and a girl writes **Deine Sara**.

Can you work out why?

4 The subject and the object in a sentence

The subject of a sentence is the person or thing doing the verb. The object of the sentence completes the meaning of the verb. In English it follows the verb. Look at these examples:

subject	verb	object	
Ich	**möchte**	**einen Kuli.**	*I would like a biro.*
Mein Zimmer	**hat**	**ein Bett.**	*My room has a bed.*
Eva	**hat**	**kein Papier.**	*Eva has no paper.*
Ich	**habe**	**keine Schuhe.**	*I have no shoes.*

Look carefully at the charts below.

Can you see where you make changes, depending on whether the word is part of the subject or the object of the sentence?

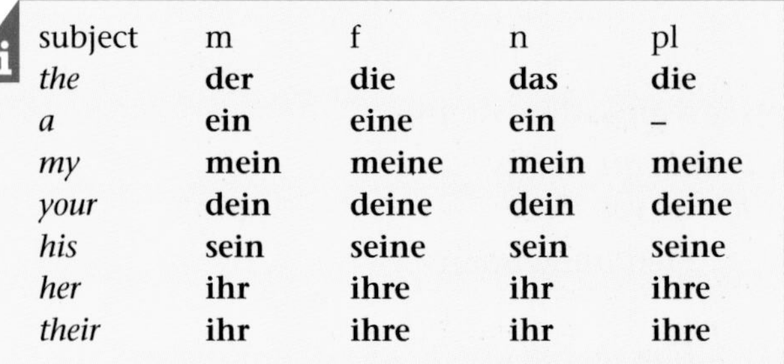

subject	m	f	n	pl
the	**der**	**die**	**das**	**die**
a	**ein**	**eine**	**ein**	–
my	**mein**	**meine**	**mein**	**meine**
your	**dein**	**deine**	**dein**	**deine**
his	**sein**	**seine**	**sein**	**seine**
her	**ihr**	**ihre**	**ihr**	**ihre**
their	**ihr**	**ihre**	**ihr**	**ihre**

object	m	f	n	pl
the	**den**	**die**	**das**	**die**
a	**einen**	**eine**	**ein**	–
my	**meinen**	**meine**	**mein**	**meine**
your	**deinen**	**deine**	**dein**	**deine**
his	**seinen**	**seine**	**sein**	**seine**
her	**ihren**	**ihre**	**ihr**	**ihre**
their	**ihren**	**ihre**	**ihr**	**ihre**

Now look at these sentences, find the object in each one and then check to see if you are right:

Ich trage meinen Trainingsanzug. *I am wearing my tracksuit.*
Ich trage meine Jeansjacke. *I am wearing my denim jacket.*
Ich trage mein Sweatshirt. *I am wearing my sweatshirt.*

5 Adjectives

An adjective describes a noun. Here is a list of some adjectives used in **Projekt Deutsch 2**:

freundlich	*friendly*	**weinrot**	*burgundy/maroon*
groß	*big, large*	**modern**	*modern*
klein	*small, little*	**sportlich**	*sporty*

i) When the adjective stands alone, you write it as you find it in the list:

Mein Haus ist klein. *My house is small.*

ii) When you see an adjective directly in front of the noun it always has an ending. If the adjective follows the word **der**, **die**, **das** (singular) and is the subject of a sentence, the adjective ending is **–e**:

der blaue Pulli *the blue sweater*
die rote Jacke *the red jacket*
das weiße T-Shirt *the white T-shirt*

If the adjective describes a plural noun the ending is **–en**:

die schwarzen Socken *the black socks*

iii) If the adjective follows the word **einen**, **eine**, or **ein** (singular) and is the object of the sentence, the endings follow the gender: masculine **–en**, feminine **–e**, neuter **–es**:

Ich trage einen schwarzen Minirock. *I am wearing a black miniskirt.*
Ich möchte eine kleine Portion. *I would like a small portion.*
Ich trage ein weißes Hemd. *I am wearing a white shirt.*

These are the most common ways of using adjectives. You will come across other adjective endings as you progress through **Projekt Deutsch**.

Look through your book. Can you find examples of other adjectives?

6 Prepositions

Prepositions are little words like *for, at, in, to*. They also sometimes tell us where a person or object is positioned, for example, *on, in, above, next to, in front of*.

Look at these examples in German. Can you find the prepositions?

Im ersten Stock.	*On the first floor.*
Ich wohne in einem Dorf.	*I live in a village.*
Zum Frühstück esse ich Toast.	*I eat toast for breakfast.*
Es ist unter dem Bett.	*It's under the bed.*
Sie hängt auf der Leine.	*It's hanging on the washing line.*
Es ist hinter der Tür.	*It's behind the door.*
Die Haltestelle ist vor der Bank.	*The bus stop is in front of the bank.*
Wie komme ich zum Museum?	*How do I get to the museum?*
Das kommt in die grüne Tonne.	*That goes in the green bin.*
Ich habe Angst vor Ratten.	*I am afraid of rats.*

Note these shortened forms:

i
in das → ins
in dem → im
an dem → am
zu dem → zum
zu der → zur

Here is a list of the prepositions used in **Projekt Deutsch 2**:

i

für	*for*	**zu**	*to*
um	*at (time)*	**in**	*into, in*
aus	*out of, from*	**an**	*up to, onto, at, on*
bei	*at (someone's house)*	**auf**	*onto, on, on top of*
mit	*with, by (means of transport)*	**hinter**	*behind*
nach	*to (a named town or country)*	**vor**	*in front of*
von	*from, of*		

Look through your book. Can you find examples of these words used in other sentences?

There are changes in some words after the prepositions. You will learn about some of these later on. Meanwhile try to learn the examples.

7 Verbs

A verb is an action word, for example, **kaufen** (*to buy*), **schreiben** (*to write*), **gehen** (*to go*).

If you look for a verb in a word list or dictionary, it will be given in a form called *the infinitive*. In English this means '***to** do*', '***to** see*', etc. In German the infinitive form always ends in **–n** or **–en**:

radfahren – *to cycle*   **sein** – *to be*   **wohnen** – *to live*

Can you think of any more infinitives in German?

When you use a verb in German you must make sure it has the correct ending. The ending depends on the subject of the sentence, which can be a noun or a pronoun.

Look at the different endings in the next section.

The tense of the verb tells us *when* the action takes place, for example, now in the present – present tense, or in the past – past tense.

8 The present tense

The present tense describes what someone is doing at that moment or what someone does regularly (for example, every day). In English we can say this in two ways, but in German only in one way:

Sie trägt ein Kleid. *She wears a dress./She is wearing a dress.*
Ich wohne auf dem Land. *I live in the country./I am living in the country.*

i) Regular verbs. These always follow the same pattern:

infinitive	**kaufen** *to buy*	**machen** *to do*	**hören** *to hear*
ich	**kaufe**	**mache**	**höre**
du	**kaufst**	**machst**	**hörst**
er/sie/es	**kauft**	**macht**	**hört**
wir	**kaufen**	**machen**	**hören**
ihr	**kauft**	**macht**	**hört**
sie	**kaufen**	**machen**	**hören**
Sie	**kaufen**	**machen**	**hören**

Can you work out the pattern for **sagen** (*to say*)?

ii) Irregular verbs. In the present tense, irregular verbs make changes in the **du** and **er/sie/es** form. Here are two types of irregular verb:

infinitive	**fahren** *to travel*	**schlafen** *to sleep*	**essen** *to eat*	**nehmen** *to take*
ich	**fahre**	**schlafe**	**esse**	**nehme**
du	**fährst**	**schläfst**	**ißt**	**nimmst**
er/sie/es	**fährt**	**schläft**	**ißt**	**nimmt**
	a → ä	**a → ä**	**e → i**	**e → i**

iii) **Haben** and **sein**. Two very important irregular verbs which you need to know are **haben** (*to have*) and **sein** (*to be*). Here are their present tense forms:

haben	*to have*	**sein**	*to be*
ich habe	*I have*	**ich bin**	*I am*
du hast	*you have*	**du bist**	*you are*
er/sie/es hat	*he/she/it has*	**er/sie/es ist**	*he/she/it is*
wir haben	*we have*	**wir sind**	*we are*
ihr habt	*you have*	**ihr seid**	*you are*
sie haben	*they have*	**sie sind**	*they are*
Sie haben	*you have*	**Sie sind**	*you are*

9 Talking about the past

There are two ways of talking about events that have happened in the past in German. In **Projekt Deutsch 2** you need to know the perfect tense. It is the form of the past tense that you will normally use for speaking and writing letters.

i) Regular verbs.

Look at these examples and see what rules you can find.

Was hat er gesagt? *What has he said?/What did he say?*
Was hast du gemacht? *What have you done?/What did you do?*
Ich habe Fußball gespielt. *I have played football./I played football.*

There are two parts to these verbs in the past tense:

Ich habe (from **haben**)	+	**gesagt**, **gespielt**, or **gemacht** (this is called the past participle)

The past participle comes at the end of the sentence and starts with **ge**– and ends with –**t**. It is formed by adding **ge** to the **er/sie/es** part of the present tense:

Er sagt *(the **er/sie/es** part of the present tense)*	→	**gesagt** *(the past participle)*

ii) Irregular verbs.

Look at these examples and note how the pattern changes with irregular verbs:

Ich habe Eis gegessen.	*I have eaten ice-cream./I ate ice-cream.*
Sie hat Tee getrunken.	*She has drunk tea./She drank tea.*
Was hast du gesehen?	*What have you seen?/What did you see?*

There are two parts to these verbs in the past tense:

Ich habe (from **haben**)	+	**gegessen**, **getrunken**, or **gesehen** (the past participle)

The past participle comes at the end of the sentence and starts with **ge**– and ends in **–en**.

iii) Irregular verbs.

Look at these examples. What changes can you see?

Ich bin nach Indien gefahren.	*I went to India.*
Ich bin mit dem Auto gefahren.	*I went by car.*
Ich bin ins Kino gegangen.	*I went to the cinema.*
Ich bin zu Fuß gekommen.	*I came on foot.*

There are also two parts to these verbs in the perfect tense:

Ich bin (from **sein**)	+	**gefahren**, **gegangen**, or **gekommen** (the past participle)

The past participle comes at the end of the sentence and starts with **ge**– and ends in **–en**.

Note: these verbs which form the past tense with **sein** are verbs of movement or travel.

iv) The imperfect tense. This is another form of past tense and you will learn more about it later on in the course. If you want to say where *I was,* use **Ich war**. Look at these examples:

Wo warst du?	*Where were you?*
Ich war in Österreich.	*I was in Austria.*

Look through your book. Can you find more examples of forms of the past tense?

10 Negatives

The word **nicht** means *not*:

Ich gehe nicht.	*I'm not going.*
Das Wetter ist nicht kalt.	*The weather is not cold.*

The word **kein/keine** means *no, not a, not any*. It is followed by a noun and follows the pattern of **ein/eine**:

Ich esse kein Fleisch.	*I do not eat any meat.*
Ich habe keinen Stuhl.	*I haven't got a chair.*
Ich trinke kein Bier.	*I do not drink beer.*

The word **nichts** means *nothing*, or *not anything*:

Ich habe nichts gemacht. *I did not do anything./I have not done anything.*

11 Word order

Here are some rules to help you.

i) The position of the verb. The verb is usually the second 'idea' in the sentence. Sometimes it is the actual second word, but not always:

(1)	(2)		
Ich	**heiße**	**Martin.**	*I am called Martin.*
Am liebsten	**esse**	**ich Pizza.**	*I like eating pizza best.*
Dann	**mache**	**ich meine Hausaufgaben.**	*Then I do my homework.*
Um 10 Uhr	**gehe**	**ich ins Bett.**	*I go to bed at 10 o'clock.*

In the last three examples the **ich** comes after the verb so that **esse, mache** and **gehe** are still the second 'idea'.

ii) Time, manner, place. When a sentence has several ideas in it, the order of the different parts is 'time, manner, place' or '**wann, wie, wohin?**'. Look at these examples. Remember the verb is still the second idea:

(1)	(2)	(time/**wann?**)	(manner/**wie?**)	(place/**wohin?**)
Ich	**fahre**	**im Sommer**	**mit dem Zug**	**nach München.**
Ich	**fliege**	**im Januar**		**in die Schweiz.**
Ich	**fahre**	**im August**	**mit dem Auto**	**nach Frankreich.**

Find some more sentences and try out the 'time, manner, place' test!

iii) Giving reasons. When you use **weil** (*because*) it sends the verb to the end of the sentence:

Warum fährst du mit dem Bus? – Weil es schneller ist.
Why do you go by bus? – Because it is quicker.
Warum gehst du zu Fuß? – Weil es nichts kostet!
Why do you go on foot? – Because it does not cost anything.

iv) Some verbs, *modal verbs*, are often used with another verb. This other verb is always in the infinitive and always at the end of the sentence. **Können** (*can/to be able to*) – **ich kann, du kannst, man kann**, etc. and **mögen** (*to like*) – **ich möchte, du möchtest**, etc. are examples of *modal verbs*. Here are some examples:

Was kann man hier machen?	*What can you/one do here?*
Man kann schwimmen.	*You/one can swim.*
Was möchtest du machen?	*What would you like to do?*
Ich möchte ein Fahrrad kaufen.	*I'd like to buy a bicycle.*

Can you find the *modal verbs* and *the infinitives*?

12 Question forms

i) To form questions that have a **ja** or **nein** answer, put the verb first:

Funktionieren die Bremsen? *Do the brakes work?*
Ist dein Zimmer groß? *Is your room big?*

ii) To ask a question offering alternatives, you also put the verb first:

Ist dein Zimmer groß oder klein? *Is your room big or small?*
Trinkst du lieber Saft oder Wasser? *Do you prefer juice or water?*

iii) When questions start with a question word, the verb comes second:

Wann fährt der Bus? *When does the bus go?*
Was sagen sie? *What are they saying?*
Wie sieht es aus? *What does it look like?*
Wo ist das Schloß? *Where is the castle?*
Wie lange hast du getanzt? *How long did you dance?*
Wer ißt vor 7 Uhr? *Who eats before 7?*
Welches Bild paßt zu welchem Wort? *Which picture goes with which word?*

How many different questions can you find in **Projekt Deutsch 2**?

13 Reference section

Die Wochentage
The days of the week

Montag	**Mittwoch**	**Freitag**	**Sonntag**
Dienstag	**Donnerstag**	**Samstag/Sonnabend**	

Die Monate
The months

Januar	**April**	**Juli**	**Oktober**
Februar	**Mai**	**August**	**November**
März	**Juni**	**September**	**Dezember**

Die vier Jahreszeiten
The four seasons

der Frühling	*Spring*	**der Herbst**	*Autumn*
der Sommer	*Summer*	**der Winter**	*Winter*

Die Zahlen
Numbers

100	**hundert ...**	**200**	**zweihundert ...**	**1001**	**tausendeins ...**
111	**hundertelf**	**300**	**dreihundert ...**	**1.000.000**	**eine Million**
112	**hundertzwölf ...**	**1000**	**tausend**		

erste	*first*	**sechste**	*sixth*	**zwanzigste**	*twentieth*
zweite	*second*	**siebte**	*seventh*	**zweiundzwanzigste**	*twenty-second*
dritte	*third*	**achte**	*eighth*	**dreißigste**	*thirtieth*
vierte	*fourth*	**neunte**	*ninth*		
fünfte	*fifth*	**zehnte**	*tenth*		

Das Datum
The date

d. 11. Juni	**den elften Juni**
d. 8. Februar	**den achten Februar**

Die Uhrzeit
The time

1.00	**Es ist ein Uhr.**
1.10	**Es ist ein Uhr zehn.** **Es ist zehn (Minuten) nach eins.**
1.15	**Es ist ein Uhr fünfzehn.** **Es ist Viertel nach eins.**
2.20	**Es ist zwei Uhr zwanzig.** **Es ist zwanzig (Minuten) nach zwei.**
2.30	**Es ist zwei Uhr dreißig.** **Es ist halb drei.**
3.45	**Es ist drei Uhr fünfundvierzig.** **Es ist Viertel vor vier**
3.50	**Es ist drei Uhr fünfzig.** **Es ist zehn (Minuten) vor vier.**
9.00	**Es ist neun Uhr.**
12.00	**Es ist Mittag./Es ist Mitternacht.**
17.50	**Es ist siebzehn Uhr fünfzig.**

A

ab und zu *now and then*
der Abend (-e), abends *evening, in the evening*
das Abendessen *evening meal*
aber *but*
der Abfall (¨-e) *rubbish*
abnehmen *to take off*
die Abteilung (-en) *department*
die Adresse (-n) *address*
Afrika *Africa*
die Aktion (-en) *campaign*
aktiv *active*
alles *everything*
die Almosen *alms*
die Alpen *the Alps*
das Alphabet *the alphabet*
der Alptraum (¨-e) *nightmare*
alt *old*
der Altglas-Container *bottle bank*
das Alu *foil*
Amerika *America*
andere *others*
angeln *to fish*
ankommen *to arrive*
anrufen *to telephone*
anschalten *to switch on*
der Anspitzer (-) *sharpener*
antworten *to answer*
die Anweisung (-en) *instruction*
anziehen *to put on*
die Ananas (-) *pineapple*
Angst haben *to be afraid*
der Anhänger (-) *pendant*
die Antwort (-en) *answer*
der Apfel (¨-) *apple*
der Apfelsaft *apple juice*
die Arbeit *work*
arbeiten *to work*
arm *poor*
aromatisch *aromatic*
Aschenputtel *Cinderella*
Aschermittwoch *Ash Wednesday*
Asien *Asia*
auch *also, too, as well*
auf *on*
auf Wiedersehen *good bye*
der Aufkleber (-) *sticker*
aufpumpen *to pump up*
aufstehen *to get up*
das Auge (-n) *eye*
aus *from*
ausbreiten *to spread*
ausgezeichnet *excellent*
ausrechnen *to work out*
aussehen *to look like*
außerdem *in addition*
die Ausstellung (-en) *exhibition*
der(die) Austauschpartner(in) *exchange partner*
Australien *Australia*
das Auto (-s) *car*

B

backen *to bake*
der Bäcker (-) *baker*
die Bäckerei (-en) *baker's*
der Badeanzug (-anzüge) *swimsuit*
das Badetuch (¨-er) *towel*
das Badezimmer (-) *bathroom*
die Bahn (-en) *rail(way)*
der Bahnhof (¨-e) *station*
bald *soon*
die Banane (-n) *banana*
die Bananenschale (-n) *banana peel*
die Bank (-en) *bank*
der Bart (¨-e) *beard*
basteln *to make*
bauen *to build*
beantworten *to answer*
befestigen *to fasten*
beginnen *to begin*
bei Erich, bei euch *at Erich's house, at your place*
beide (ihr beiden) *both*
bekommen *to receive, get*
belegt/belegtes Brot *covered/open sandwich*
Belgien *Belgium*
beliebt *popular*
bemalen *to paint*
benutzen *to use*
bereiten *to prepare*
der Berg (-e) *mountain*
beschriften *to label*
bestehen aus *to consist of*
besuchen *to visit*
das Bett (-en) *bed*
der Bettler (-) *beggar*
der Beutel (-) *bag*
bevor *before*
das Bier *beer*
das Bild (-er) *picture*
der Bildschirm *screen*
billig *cheap*
bin, ich bin *I am*
das Biotop (-e) *pond*
die Birke (-n) *birch, silver birch*
bis *until*
bis alle Zeiten! *for ever after*
bist, du bist *you are*
bitte *please*
bitte schön *don't mention it*
das Blatt (¨-er) *sheet, leaf*
blau *blue*
die Blaumeise (-n) *bluetit*
bleiben *to stay*
der Bleistift (-e) *pencil*
blitzen *to flash with lightning*
die Blockflöte (-n) *recorder*
blöd *stupid*
die Blume (-n) *flower*
das Blumenhemd (-en) *flowery shirt*
der Blumenkohl *cauliflower*
die Bluse (-n) *blouse*
die Bohnen *beans*
das Bonbonpapier (-e) *sweet paper*
die Bowle *punch*
brauchen *to need*
braun *brown*
brav *good*
die Bremse (-n) *brake*
brennend *burning*
die Brezel (-n) *pretzel*
der Brief (-e) *letter*
der Brieffreund (-e) *penfriend (m)*
die Brieffreundin (-nen) *penfriend (f)*
die Briefmarke (-n) *stamp*
der Briefmarkenautomat (-en) *stamp machine*
die Brille *glasses*
bringen *to bring*
das Brot *bread*
das Brötchen (-) *bread roll*
der Bruder (¨-) *brother*
das Buch (¨-er) *book*
die Buche (-n) *beech*
der Bungalow (-s) *bungalow*
bunt *colourful*
der Bus (-se) *bus*
die Bushaltestelle (-n) *bus stop*
die Butter *butter*
das Butterbrot (-e) *sandwich*

C

der Campingartikel (-) *camping equipment*
der Campingbus (-se) *campervan*
der Campingplatz (¨-e) *campsite*
der CD Spieler (-) *CD player*
die Chips *crisps*
die Chipstüte (-n) *crisp packet*
die Cola *coca cola*
die Coladose (-n) *coke can*
der Computer (-) *computer*
das Computerspiel (-e) *computer game*
die Cornflakes *cornflakes*
der Cousin (-s) *cousin (m)*
die Cousine (-n) *cousin (f)*
das Currypulver *currypowder*

D

da, dahin *there*
dabei *with you*
danach *after that*
Dänemark *Denmark*
danke (schön) *thank you (very much)*
dann *then*
darf ich ...? *may I ... ?*
dauern *to last*
dazu *with it*
der Deckel (-) *lid*
decken *to cover*
dein, deine *your*
dekorieren *to decorate*
Deutsch, auf deutsch *German, in German*
Deutschland *Germany*
der Diebstahl (¨-e) *theft*
die Disco (-s) *disco*
die Diskette (-n) *disk*
der Dom (-e) *cathedral*
donnern *to thunder*
doof *stupid*
das Doppelhaus (¨-er) *semi-detached house*
das Dorf (¨-er) *village*
die Dose (-n) *can*
dran sein *to have a turn*
draußen *outside*
dreh' dich um! *turn round!*
die Drillinge *triplets*
dritte *third*
der Drucker (-) *printer*
dumm *stupid*
dunkel *dark*
durch *through, divided by*
Durst haben *to be thirsty*
die Dusche (-n) *shower*

E

das Ei (-er) *egg*
die Eiche (-n) *oak*
das Eichhörnchen (-) *squirrel*
das Eigelb *egg yolk*
eigen *own, separate*
eines Abends *one evening*
einfach *single, simple*
das Einfamilienhaus (¨-er) *detached house*
der Eingang (¨-e) *entrance*
die Eingangshalle (-n) *entrance hall*
das Einkaufszentrum (-ren) *shopping centre*
einladen *to invite*
die Einladung (-en) *invitation*
die Einleitung *introduction*
einmal *once*
einordnen *to sort*
einrühren *to stir in*
einschalten *to switch on*
einschlafen *to fall asleep*
eintippen *to word process, type in*
der Eintopf *stew*
das Einzelkind *only child*
das Eis *ice-cream*
der Eisbecher (-) *ice-cream sundae*
das Eiscafé (-) *ice-cream parlour*
das Eisstadion (-ien) *ice stadium*
das Eiweiß *egg white*
die Eltern *parents*

enden *to end, finish*
eng *narrow, tight*
der Engel (-) *angel*
England *England*
Englisch, auf englisch *English, in English*
enorm *enormous*
das Entchen (-) *duckling*
entschuldigen Sie *excuse me*
Entschuldigung *sorry!*
er *he, it*
die Erbse (-n) *pea*
die Erdbeere (-n) *strawberry*
das Erdgeschoß *ground floor*
Erdkunde *geography*
die Erdnuß (¨-sse) *peanut*
erfrischend *refreshing*
erschrecken *frighten*
erste *first*
erzogen, gut erzogen *well brought up*
es *it*
es gibt *there is/are*
es klingelt *there's a ring at the door*
es war einmal ... *once upon a time ...*
essen *to eat*
der Eßlöffel *dessert spoon*
etwa *roughly, about*
etwas *something*
das Eßzimmer (-) *dining room*
Europa *Europe*

F

die Fahne (-n) *flag*
fahren *to travel*
das Fahrrad (¨-er) *bicycle*
fallen *to fall*
fallen lassen *to drop*
falsch *wrong*
falten *to fold*
der Faltenrock (¨-e) *pleated skirt*
die Familie (-n) *family*
fantastisch *excellent*
die Farbe (-n) *colour, paint*
färben *to colour*
farbig *colourful*
fast *almost*
fasten *to fast*
faul *lazy*
fehlen *to be missing*
feiern *to celebrate*
fein *fine*
das Feld (-er) *field, square (of a game)*
das Fenster (-) *window*
die Ferien *holidays*
das Ferienhaus (-häuser) *holiday home*
fernsehen *to watch television*
das Fernsehen *television*
der Fernseher (-) *television set*
der Fernsehturm (¨-e) *television tower*
fertig *ready, finished*
das Fest (-e) *party, festival*
die Fete (-n) *party*
das Feuer (-) *fire*
der Film (-e) *film*
der Filzstift (-e) *felttip*
finden *to find*
der Fisch (-e) *fish*
die Flasche (-n) *bottle*
flehen, **an**flehen *to beg*
das Fleisch *meat*
fleißig *hard-working*
das Flickzeug *repair kit*
fliegen *to fly*
das Flugzeug (-e) *aeroplane*
folgen *to follow*
die Folie *cling wrap plastic/foil*
das Foto (-s) *photo*
das Fotoalbum (-alben) *photo album*
der Fotoapparat (-e) *camera*
die Frage (-n) *question*
fragen *to ask*
der Franken (-) *Franc (Swiss currency)*
Frankreich *France*
Französisch *French*
die Frau (-en) *woman, Mrs, Ms*
frech *cheeky*
frei *free*
freuen, sich freuen *to be happy*
der Freund (-e) *friend (m)*
die Freundin (-nen) *friend (f)*
freundlich *friendly*
frieren *to freeze*
das Friesbild (-er) *frieze*
frisch *fresh*
frohe Ostern *Happy Easter*
frohe Weihnachten *Happy Christmas*
fröhlich *merry, merrily*
der Frosch (¨-e) *frog*
das Fruchteis (-) *fruit ice-cream, sorbet*
früh *early*
der Frühling *Spring*
das Frühstück *breakfast*
das Fundbüro *lost property office*
funktionieren *to work*
für *for*
furchtbar *awful*
der Füttertisch (-e) *bird table*
der Fuß, zu Fuß *foot, on foot*
Fußball *football*

G

der Gang (¨-e) *gear*
die Gans *goose*
ganz *whole*
gar nicht *not at all*
der Garten (¨-) *garden*
geben *to give*
der Geburtstag *birthday*
das Gedicht (-e) *poem*
gefällt, es gefällt mir *I like it*
gegen *against*
gehen *to go*
(es) geht mich an *(it) concerns me*
gelb *yellow*
das Geld *money*
der Geldautomat (-en) *cash dispenser*
der Geldbeutel (-) *purse*
genau *exactly, just*
genug *enough*
gerade *right now*
geradeaus *straight on*
gern *like*
die Geschäftsleute *business people*
das Geschenk (-e) *present*
die Geschichte (-n) *story, history*
geschnitten *chopped*
geschwind *quick, quickly*
die Geschwister *brothers and sisters*
das Getränk (-e) *drink*
die Getränketüte (-n) *drink container*
gewinnen *to win*
die Gitarre (-n) *guitar*
das Glas (¨-er) *glass*
die Glasflasche (-n) *glass bottle*
glatt *straight*
glauben *to believe*
die Glocke (-n) *bell*
der Glockenturm (¨-e) *bell tower*
Glück *luck*
glücklich *happy*
der Glückwunsch (¨-e) *greeting*
Golf *golf*
das Gras *grass*
gratulieren *to congratulate*
grau *grey*
Griechenland *Greece*
grillen *to barbecue*
die Grillparty (-s) *barbecue*
der Groschen (-) *Groschen (Austrian currency)*
groß *big*
Großbritannien *Great Britain*
die Großeltern *grandparents*
die Großmutter (-mütter) *grandmother*
großschreiben *to write a capital letter*
der Großvater (-väter) *grandfather*
grün *green*
gruselig *creepy, frightening*
das Gummiband (¨-er) *rubber band*
der Gürtel (-) *belt*
gut *good, well*
gute Besserung *get well soon*
gute Nacht *good night*
gute Reise! *have a good journey!*
guten Abend *good evening*
guten Morgen *good morning*
guten Tag *good day, hello*

H

das Haar (-e) *hair*
habe, ich habe *I have*
haben *to have*
das Hähnchen *chicken*
halb *half*
halb acht *half past seven*
die Hälfte (-n) *half*
hallo *hello*
die Haltestelle (-n) *(bus) stop*
der Hamster (-) *hamster*
der Handschuh (-e) *glove*
das Häppchen (-) *canapé, party nibble*
der Hase (-n) *hare*
häßlich *ugly/nasty*
hast, du hast *you have*
die Hauptstadt (-städte) *capital*
das Haus (¨-er) *house*
die Hausaufgabe (-n) *homework*
Hause, zu Hause *at home*
die Hausnummer (-n) *house number*
das Häuschen (-) *cottage*
das Haustier (-e) *pet*
das Heft (-e) *exercise book*
Heiliger Abend *Christmas Eve*
heißen *to be called*
helfen *to help*
der Helm (-e) *helmet*
das Hemd (-en) *shirt*
der Herbst *Autumn*
Herr *Mr*
heute *today*
die Hexe (-n) *witch*
hier *here*
die Hilfe *help*
Hilfe! *help!*
die Himbeere (-n) *raspberry*
hin und zurück *return*
hinstellen *to put*
hinter *behind*
hinunter *down*
das Hobby (-s) *hobby*
der Hobbyraum (¨-e) *hobby room*
hoch *high*
die Hochzeit (-en) *wedding*
hoffentlich *hopefully*
die Höhe (-n) *height*
Holland *Holland*
Holz *wood*
der Honig *honey*
hören *to hear*
die Hose (-n) *trousers*
das Hotel (-s) *hotel*
der Hund (-e) *dog*
der Hundesalon *poodle parlour*
Hunger haben *to be hungry*
der Hut (¨-e) *hat*

I

ich *I*
der Igel (-) *hedgehog*

Ihnen *(to) you*
ihr *you (pl)*
ihr, ihre *her, their*
im (= in dem) *in the*
Informatik *IT (information technology)*
die Information (-en) *information*
der Informationsstand (¨-e) *information stand*
insgesamt *altogether*
das Instrument (-e) *instrument*
intelligent *clever*
interessant *interesting*
ißt, du ißt *you eat*
Irland *Eire*
Italien *Italy*

J

die Jacke (-n) *jacket*
das Jahr (-e) *year*
die Jahreszeit (-en) *season*
die Jeans *jeans*
die Jeansjacke (-n) *denim jacket*
jeden Tag *every day*
jetzt *now*
der Joghurt (-s) *yoghurt*
die Jugendherberge (-n) *youth hostel*
jung *young*
der Junge (-n) *boy*

K

der Kaffee *coffee*
der Kakao *drinking chocolate*
der Kalender (-) *calendar*
kalt *cold*
die Kälte *the cold*
das Kaninchen (-) *rabbit*
die Kantine *canteen*
der Karneval *carnival*
die Karotte (-n) *carrot*
der Karpfen (-) *carp*
die Karte (-n) *card, ticket*
die Kartoffel (-n) *potato*
der Kartoffelsalat *potato salad*
die Kartoffelschale (-n) *potato peel*
der Käse *cheese*
das Käsebrot *cheese sandwich*
der Kassettenrecorder (-) *cassette player*
die Kastanie (-n) *horse chestnut*
die Katze (-n) *cat*
kaufen *to buy*
das Kaufhaus (-häuser) *department store*
der Kaugummi *chewing gum*
das Kaugummipapier (-) *chewing gum wrapper*
kein, keine *no*
keine Angst! *don't worry*
keine Panik! *don't worry!*
die Kekse *biscuits*
der Keller (-) *cellar*
kennenlernen *to meet, get to know*
die Kerze (-n) *candle*
das Keyboard *keyboard*
der Kilometer (-) *kilometer*
das Kind (-er) *child*
das Kino *cinema*
die Kirche (-n) *church*
die Kirsche (-n) *cherry*
das Kirschwasser *kirsch (cherry brandy)*
die Kiste (-n) *box*
klar *clear*
die Klasse (-n) *class, form*
der Klassenkamerad (-en) *classmate*
das Klassenzimmer (-) *classroom*
das Klavier (-e) *piano*
kleben *to stick, glue*
der Klecks (-e) *blob*
das Kleid (-er) *dress, (pl) clothes*
die Kleider *clothes*
der Kleiderschrank (¨-e) *wardrobe*
die Kleidung (-en) *clothes, clothing*
klein *small, short*
kleinschneiden *to chop into small pieces*
die Klingel (-n) *bell*
klingeln *to ring*
Klo *toilet, loo*
das Knie (-) *knee*
kochen *to boil*
der Kohl (-e) *cabbage*
komisch *peculiar, odd*
kommen *to come*
kommen Sie herein! *come in!*
der Kompost *compost*
der Komposthaufen (-) *compost heap*
der König (-e) *king*
die Königin (-nen) *queen*
können *to be able, can*
der Kopf (¨-e) *head*
der Kopfsalat *green salad*
der Korb (¨-e) *rubbish bin, basket*
Korbball *netball*
kosten *to cost*
die Krawatte (-n) *tie*
die Küche (-n) *kitchen*
der Kuchen (-) *cake*
der Kuckuck (-e) *cuckoo*
kühl *cool*
der Kuli (-s) *biro*
Kunst *art*
kurz *short*
die Küste (-n) *coast, seaside*

L

die Lampe (-n) *light, lamp*
das Land *land, countryside, country*
die Landkarte (-n) *map*
lang *long*
langsam *slowly*
langweilig *boring*
die Laterne (-n) *lantern*
laut *loud*
leben *to live*
die Lebensmittel *food, groceries*
das Leder *leather*
die Lederjacke (-n) *leather jacket*
leer *empty*
die Leertaste *space bar*
legen *to put, lay*
die Legende (-n) *legend*
der Lehrer (-) *teacher*
die Lehrerin (-nen) *teacher (f)*
leid, es tut mir leid *I'm sorry*
leider *unfortunately*
die Leine (-n) *lead, washing line*
leise *quiet, quietly*
lernen *to learn*
lesen *to read*
die Leute *people*
die Libelle (-n) *dragonfly*
das Licht (-er) *light*
lieb *sweet, kind, lovable*
lieber, liebe *dear …*
lieben *to love*
Lieblings- *favourite …*
das Lied (-er) *song*
lila *purple*
die Limonade *lemonade*
das Lineal (-e) *ruler*
die Linie (-n) *line, (bus number)*
links *left, on the left*
die Liste (-n) *list*
das Loch (¨-er) *hole*
los!, jetzt geht's los! *let's get on with it!*
löschen *to delete*
loswerden *to get rid of*
der Luftballon (-s) *balloon*
die Luftpumpe (-n) *pump*
die Luftschlange (-n) *streamer*
der Lumpen (-) *rag*
Lust, hast du Lust? *would you like to?*
lustig *funny*

M

machen *to make, do*
macht nichts! *it doesn't matter!*
das Mädchen (-) *girl*
mal *times*
man *one, you, they*
manchmal *sometimes*
der Mann (¨-er) *man*
die Mannschaft (-en) *team*
der Mantel (¨-) *coat*
das Märchen (-) *fairy tale*
die Margarine *margarine*
die Mark (-) *Mark (German currency)*
der Markt (¨-e) *market*
die Marmelade *jam*
Mathematik, Mathe *mathematics, maths*
die Matratze (-n) *mattress*
die Maus (¨-e) *mouse*
das Meerschweinchen (-) *guinea-pig*
das Mehl *flour*
mehr als *more than*
mein, meine *my*
meinen *to think, reckon*
meistens *mostly, usually*
meldet euch! *put your hands up!*
der Mensch (-en) *man, person (people)*
die Milch *milk*
das Mineralwasser *mineral water*
der Minirock (¨-e) *miniskirt*
die Minute (-n) *minute*
mischen *to mix*
mit *with*
mitbringen *to bring*
mitkommen *to come along*
mitlaufen *to walk/run with*
das Mittagessen *lunch, dinner*
in der Mitte *in the middle*
das Möbelstück (¨-e) *piece of furniture*
möchte, ich möchte *I'd like*
die Mode *fashion*
modern *modern*
die Modewaren *fashionware*
das Mofa (-s) *moped*
mögen *to like*
möglich *possible*
das Mokkaeis (-) *mocha ice-cream*
der Monat (-e) *month*
müde *tired*
der Müll *rubbish*
die Münze (-n) *coin*
das Museum (-een) *museum*
Musik *music*
das Musikinstrument (-e) *musical instrument*
müssen *to have to, must*
mußt, du mußt *must*
der Mut *spirit, courage*
die Mutter (¨-), Mutti *mother, mum*
die Mütze (-n) *hat, cap*

N

nach *past, after/to (+ country)*
die Nachrichten *the News*
nächste *next*
die Nacht (¨-e) *night*
das Nachthemd (-en) *pyjamas*
der Nachttisch (-e) *bedside table*
der Name (-n) *name, surname*
die Nase (-n) *nose*
die Natur *the natural world, nature*
natürlich *naturally, of course*
Naturwissenschaften *science*
der Nebel *fog*
neblig *foggy*
nehmen *to take (have)*

nervös *nervous, anxious*
nett *nice*
das Netz (-e) *net*
neu *new*
das Neujahr *New Year*
nicht *not*
nicht gern *do not like*
nichts *nothing*
nie *never*
noch ein/eine *another*
noch einmal! *again!*
die Nonne (-n) *nun*
Nordamerika *North America*
Nordirland *Northern Ireland*
im Norden *in the North*
normalerweise *normally, usually*
Norwegen *Norway*
die Not (¨-e) *emergency*
die Notiz (-en) *note*
die Nudeln *pasta*
die Nummer (-n) *number*
nur *only*

O

oben *at the top*
das Obst *fruit*
oft *often*
oft zu hören(d) *often to be heard*
ohne *without*
das Ohr (-en) *ear*
das Olympiadorf *Olympic village*
der Olympiapark *Olympic park*
die Olympischen Spiele *Olympic Games*
Oma *granny*
der Onkel (-) *uncle*
Opa *grandad*
die Orange (-n) *orange*
der Orangensaft *orange juice*
in Ordnung *OK*
im Osten *in the East*
die Osterglocke (-n) *daffodil*
Ostern, frohe Ostern *Easter, happy Easter*
Österreich *Austria*

P

die Packung (-en) *packet*
der Papagei (-en) *parrot*
das Papier *paper*
der Papierkorb (¨-e) *waste paper bin*
der Pappbehälter (-) *cardboard container*
die Pappe *card*
der Pappkarton (-s) *cardboard*
das Parfüm *scent, perfume*
der Park (-s) *park*
die Partnerschule (-n) *partner school*
die Party (-s) *party*
passen *to fit*
der Paß (¨-sse) *passport*
paß auf *pay attention*
der Paßbilderautomat (-en) *passport-photo booth*
die Pause (-n) *break*
die Pedale (-n) *pedal*
die Pelzjacke (-n) *fur coat*
die Perlenkette (-n) *pearl necklace*
der Pfeffer *pepper*
die Pfeife (-n) *pipe*
der Pfennig (-e/-) *Pfennig, $^1/_{100}$ of a Mark*
das Pferd (-e) *horse*
die Pflanze (-n) *plant*
die Pizza (-s) *pizza*
die Plastiktüte (-n) *plastic container*
das Plätzchen (-) *biscuit*
der Politiker (-) *politician*
die Pommes frites *chips*
Portugal *Portugal*
die Post (-en) *post office*
das Poster (-s) *poster*
die Postkarte (-n) *postcard*
praktisch *practical*
die Pralinen *chocolates*
der Preis (-e) *prize, price*
die Prinzessin (-nen) *princess*
pro *per*
der Pudding *a milk dessert*
der Pulli (-s) *pullover*
der Punkt (-e) *point*
die Puppe (-n) *doll*
putzen *to clean*

Q

Quatsch! *nonsense! rubbish!*
das Quiz (-) *quiz*
die Quizshow (-s) *quiz show*

R

das Rad (¨-er) *bicycle*
der Radfahrer (-) *cyclist*
der Radiergummi (-s) *rubber*
das Radio (-s) *radio*
das Radstadion (-ien) *cycling stadium*
der Radweg (-e) *cyclepath/track*
der Rappen (-) *Centime (Swiss currency)*
der Rat *advice*
das Rathaus (¨-er) *town hall*
die Ratte (-n) *rat*
die Räuber *the thieves*
die Rechenaufgabe (-n) *sum*
der Rechner (-) *calculator*
rechts *right, on the right*
das Regal (-e) *shelf*
der Regen *rain*
regnen, es regnet *it rains, it's raining*
reichen, **hin**reichen *to hand, pass*
der Reifen (-) *tyre*
das Reihenhaus (¨-er) *terraced house*
die Reise (-n) *journey*
reisen *to travel*
der Reissalat *rice salad*
reiten *to ride*
der Reiter *horseman*
Religion *RE (religious education)*
das Rezept (-e) *recipe*
der Rhein *the Rhine*
richtig *right, correct*
der Riegel (-) *bar*
das Rindfleisch *beef*
die Ritze (-n) *cut*
der Rock (¨-e) *skirt*
rollen *to roll*
Rollschuhfahren *rollerskating*
rosa *pink*
Rosenmontag *day before Shrove Tuesday*
rot *red*
das Rotkehlchen (-) *robin*
das Rücklicht (-er) *rear light*
der Rücktritt *back-pedal brake*
die Ruhe *quiet*
rühren *to stir*

S

die Sache (-n) *thing*
der Saft (¨-e) *juice*
sagen *to say*
die Sahne *cream*
der Salat *salad*
das Salz *salt*
die Salzstange (-n) *salt stick*
sammeln *to collect*
die Sammelstelle (-n) *collection point*
die Sammlung (-en) *collection*
die Sandalen *sandals*
Sankt Nikolaus *Saint Nicholas*
der Sattel (-) *saddle*
der Satz (¨-e) *sentence*
sauber *clean*
Schach spielen *to play chess*
der Schatz (¨-e) *treasure*
schauen *to look*
die Scheide (-n) *sheath*
die Schere *scissors*
das Schiff (-e) *ship*
die Schildkröte (-n) *tortoise*
der Schilling (-e/-) *Schilling (Austrian currency)*
das Schlafzimmer (-) *bedroom*
die Schlaghose (-n) *flairs*
das Schlagzeug *percussion instruments*
die Schlange (-n) *snake*
schlank *slim*
schlecht *bad, ill*
schließen *to close*
der Schlittschuh (-e) *skate*
Schlittschuhlaufen *skating*
schlitzen *to slit*
das Schloß (-össer) *castle*
der Schlüsselring (-e) *keyring*
Schluß *the end (it's over)*
das Schmalz *lard*
schmecken *to taste*
der Schmetterling (-e) *butterfly*
der Schmuck *jewellery*
schmücken *to decorate*
schmutzig *dirty*
die Schnecke (-n) *snail*
der Schnee *snow*
Schneewittchen *Snow White*
schneiden *to cut*
schneien (es schneit) *to snow (it's snowing)*
schnell *quick, fast*
das Schnitzel *(veal/pork) escalope*
der Schnurrbart (¨-e) *moustache*
die Schokolade (-n) *chocolate*
schon *already*
schön *handsome, lovely, beautiful*
Schottland *Scotland*
der Schrank (¨-e) *cupboard*
schrecklich *terrible*
schreiben *to write*
die Schreibwaren *stationery*
schreien *to shout*
schüchtern shy
der Schuh (-e) *shoe*
das Schuhgeschäft (-e) *shoe shop*
die Schule (-n) *school*
der Schüler (-) *pupil (m)*
die Schülerin (-nen) *pupil (f)*
das Schulfach (¨-er) *school subject*
der Schulhof (¨-e) *playground*
schützen *to protect*
der Schuß (Schüsse) *shot*
Schuß, in Schuß halten *to keep in good order*
die Schwalbe (-n) *swallow*
schwarz *black*
Schweden *Sweden*
die Schweiz *Switzerland*
das Schwert (-er) *sword*
die Schwester (-n) *sister*
das Schwimmbad (¨-er) *swimming pool*
schwimmen *to swim*
die Schwimmhalle (-n) *swimming pool hall*
der See (-n) *lake*
seekrank *seasick*
sehen *to see*
sehr *very*
sein *to be*
sein, seine *his*
die Sekunde (-n) *second*
die Semmel (-n) *bread roll*
die Sendung (-en) *programme*
die Shorts *shorts*
sich die Zähne putzen *to brush one's teeth*
sich **um**drehen *to turn round*

sich versammeln *to gather*
sich waschen *to wash oneself*
sicher *safe(ly), certain(ly)*
die Sicherheit *safety*
sie *she/her/they*
Sie *you*
siehst, du siehst *you see*
Silvester *New Year's Eve*
sind, sie sind *they are*
singen *to sing*
sitzen *to sit*
Skateboardfahren *skateboarding*
skifahren *to ski*
die Skijacke (-n) *ski anorak*
skilaufen *to ski*
die Socken *socks*
das Sofa (-s) *sofa*
der Sommer *Summer*
das Sonderangebot (-e) *special offer*
die Sonnenbrille (-n) *sunglasses*
das Sonnenöl *suntan oil*
der Sonnenschein *sunshine*
sonnig *sunny*
sonst *otherwise*
sortieren *to sort out*
die Soße (-n) *sauce*
Spanien *Spain*
spannend *exciting*
sparen *to save*
spät *late*
später *later*
Spaß machen *to be fun*
das Spiel (-e) *game*
spielen *to play*
die Spielregeln *rules of the game*
die Spinne (-n) *spider*
spinnst, du spinnst! *you must be joking!*
spitz *sharp, pointed*
Spitze! *tops! great!*
Sport treiben *to do sport*
die Sportart (-en) *sport*
der Sportartikel (-) *sports equipment*
der Sportler (-) *sportsman*
die Sportlerin (-nen) *sportswoman*
sportlich *sporty*
der Sportschuh (-e) *sports shoe, trainer*
das Sportzentrum (-ren) *sports centre*
die Sprache (-n) *language*
sprechen *to speak*
der Spruch (¨-e) *saying*
spucken *to spit*
das Stadion (-ien) *stadium*
die Stadt (¨-e) *town*
die Stadtmitte *town centre*
der Stadtplan (¨-e) *town plan*
der Stadtrand *edge of town*
der Stammtisch (-e) *table at local pub*
der Stapel (-) *pile*
stapfen *to tramp*
der Stein (-e) *stone*
stellen *to put*
der Stern (-e) *star*
die Stiefschwester (-n) *step sister*
stimmt! *that's right!*
Stock, im dritten Stock *floor, on the third floor*
das Stoppelfeld (-er) *field of stubble*
die Straße (-n) *street, road*
die Straßenbahn *tram*
streng *stict*
streng' dich mal an! *work hard then!*
der Strohstern (-e) *straw star*
die Strumpfhose (-n) *tights*
das Stück (-e) *piece, slice*
der Stuhl (¨-e) *chair*
die Stunde (-n) *hour*
suchen *to look for*
Südamerika *South America*
im Süden *in the South*

die Suppe (-n) *soup*
süß *sweet*
die Süßigkeit (-en) *sweet*
das Sweatshirt (-s) *sweatshirt*

T

die Tafel (-n) *blackboard*
'Tag *good day, hello*
der Tag (-e) *day*
tagsüber *during the day, daytime*
die Tante (-n) *aunt*
tanzen *to dance*
die Tasche (-n) *bag*
das Taschengeld *pocket money*
die Tasse (-n) *cup*
die Taube (-n) *pigeon*
tauchen *to dive*
der Tee *tea*
der Teelöffel (-) *tea spoon*
der Teil (-e) *part*
teilen *to share, divide*
das Telefon (-e), am Telefon *telephone, on the telephone*
die Telefonnummer (-n) *telephone number*
der Teller (-) *plate*
der Teppich (-e) *carpet*
testen *to test*
teuer *expensive, dear*
das Theater (-) *theatre*
das Tier (-e) *animal*
tierlieb sein *to like animals*
der Tisch (-e) *table*
Tischtennis *table tennis*
der Toast *Toast*
der Tod *death*
toll! *great!*
die Tonne (-n) *bin, waste container*
der Topf (¨-e) *pot*
die Torte (-n) *cake*
tragen *to wear, carry*
der Trainingsanzug (¨-e) *track suit*
die Traube (-n) *grape*
der Traum (¨-e) *dream*
traumhaft *dreamy, gorgeous*
der Traumurlaub (-e) *dream holiday*
der Trickfilm (-e) *cartoon*
trinken *to drink*
trocknen *to dry*
die Trommel (-n) *drum*
die Trompete (-n) *trumpet*
der Tropfen (-) *drop*
trotzdem *nevertheless*
tschüs *bye, cheerio*
das T-Shirt (-s) *t-shirt*
die Tulpe (-n) *tulip*
die Tür (-en) *door*
türkis *turquoise*
der Turm (¨-e) *tower*
turnen *to do gymnastics*
der Turnschuh (-e) *training shoe, trainer*
die Turnschuhe *trainers*
die Tüte (-n) *carton, packet, bag*

U

U.A.w.g. *R.S.V.P.*
die U-Bahn *underground train*
üben *to practise*
über *over, about*
überhaupt nicht *not at all*
überzogen *covered*
Uhr *o'clock*
die Uhr (-en) *clock*
die Uhrzeit (-en) *time*
um *around, at*
umdrehen *to turn around*
die Umfrage (-n) *survey, questionnaire*
umweltfreundlich *environmentally friendly*
der Umzug (¨-e) *procession*
unbequem *uncomfortable*
und *and*
unfreundlich *unfriendly*
ungesund *unhealthy*
die Uniform (-en) *uniform*
uns *us*
unser *our*
unten *below, at the bottom*
unter *under*
der Unterschied (-e) *difference*
die Unterwäsche *underwear*
usw. *etc.*

V

das Vanilleeis *vanilla ice-cream*
der Vater (-¨), Vati *father, dad*
veranstalten *to set up, organize*
der Verein (-e) *club*
vergessen *to forget*
vergiß nicht! *don't forget!*
verkaufen *to sell*
das Verkehrsamt (¨-ter) *tourist information office*
verknoten *to knot*
verlieren *to lose*
die Verpackung (-en) *packaging*
verpassen *to miss*
verschieden *it varies*
verstehen *to understand*
der/die Verwandte (-n) *relative*
verzieren *to decorate*
viele *lots of, many*
vielleicht *perhaps*
das Viertel *quarter*
der Vogel (¨-) *bird*
Vogelfütter *bird food*
Volleyball *volleyball*
von *from*
vor *to*
vorbei *past, over*
der Vorhang (¨-e) *curtain*
vorlesen *to read aloud*
Vorsicht! *beware!*
vorstellen *to present, introduce*

W

wählen *to choose*
der Wald (¨-er) *wood, forest*
Wales *Wales*
die Walnuß (Walnüsse) *walnut*
die Wand (¨-e) *wall*
die Wanderschuhe *hiking boots*
wann *when*
war *was*
warm *warm*
was? *what?*
was für? *what sort of?*
was gibt's? *what are we having?*
was kannst du? *what are you able to do?*
was kostet ... ? *what does ... cost?*
was sonst? *what else?*
das Waschzeug *washing things*
das Wasser *water*
der Wechselkurs (-e) *exchange rate*
wechseln *to (ex)change*
wehen *to blow*
weich *soft*
die Weide *willow tree*
Weihnachten *Christmas*
der Weihnachtsbaum (¨-e) *Christmas tree*
die Weihnachtskarte (-n) *Christmas card*
der Weihnachtsmarkt (-märkte) *Christmas market*
der Wein (-e) *wine*
weinrot *burgundy, maroon*
weit *far*
weiß *white*